王妃ベルタの肖像

西野向日葵

富士見L文庫

c o n t e n t s

1

その日のことを、ベルタは今でもはっきりと覚えている。

「当家から妃(きさき)を一人出すことが決まった」

父に呼び出され、なんの気なしに執務室に入るやいなや単刀直入に言われた。強い斜陽が差し込む室内は赤く染まり、父の顔は見えづらかった。

「妃。というと、我が国の国王陛下への輿入(こしい)れですか」

「そうだ」

それ自体は別に、青天の霹靂(へきれき)というほどの驚きでもなかった。

当家――カシャ一族から王家に人をやるのではないかという話は、南部の太守たちの間では数年前から出ていた話題だ。父や一族の人間はどちらかと言えばそれに乗り気だった。

しかし、続いた父の言葉はベルタにとって完全に予想外のものだった。

「ベルタ。おまえが後宮に行ってくれないか」

異母妹たちに比べて不器量で、加えてベルタは未婚の娘としては薹(とう)の立った年齢と言える。自分はこのまま領内に残り、まだ幼い弟が父の跡を継げるようになるまで家を支えていくのだと、今日まで疑ったことはなかった。

「なぜ、私を？」

ベルタは顔がこわばるのを隠せなかったが、父はそんなベルタの反応を黙殺した。

「まあ、そう言うな。これは国王陛下からの正式な打診だ。私ですら一存で断ることはできないのだ」

「そういう話ではありません。後宮に入れるならば、私より若くて美しい妹たちが適任のはず。私にきらびやかなお妃さまは向いていません」

可愛い異母妹たちの顔を思い浮かべる。あの子たちを差し置いてベルタを選ぶとは、適材適所を信条とする父の采配とも思えない。

「私にとってはおまえも可愛い娘だ」

「はあ。ありがとうございますお父さま。でも私は客観的な話をしているんです」

父は何人側室を持とうと、ベルタの生母である第一夫人を格別に愛している。だから生母によく似たベルタのことも掌中の珠のように扱うのだが、背ばかり伸びて痩せ型で、癖の強い黒髪のベルタは、どこからどう見てもこの国の美人の条件には合っていなかった。

ベルタが自虐で受け流すと、父はふと表情を変えた。

どうやら真面目な話らしい。

「客観的に見ても、私はおまえに行ってほしい」

「妃にするのに、若さも美貌も関係がないと？　お父さまはカシャから差し出す娘で、国王陛下の寵を賜るつもりはないんですか？」

ベルタの方も嫌みはやめて真剣に聞き返す。

結果的に更に身も蓋もない言い方になってしまったが、そんなことは気にしていられない。今決まろうとしていることは自分の人生の一大事だ。

「その通りだ。そもそも誰を送ろうと寵愛云々に関わりはない。国王は政略的にペトラ人の妃を王家に迎えることのみを望んでいる」

王家をはじめとする王都の大貴族たちは、カシャのような成り上がりの新興一族を毛嫌いしている。

カシャ一族は、国土南部の交易の拠点を押さえる大領主だ。その実質的な権力は公爵家にさえ及ぶと噂されている。だがそれでもなお、王都の貴族から言わせれば、カシャなどは土着の商人の成り上がりなのだ。

「我ら『原住民』が成り上がってどのくらいの時が経つ？　カシャが行商だったのはもう百年も昔のこと。元は余所者の貴族連中が、好き勝手に威張り散らす時代はもはや終わった。国民の大半を占めるペトラ人を無視し続けることは、如何に王家とてできなくなったということだ」

頭が痛くなってきた。話に聞くだけでも古臭く差別意識が錯綜している王都、その最たる王宮へ、ベルタは送られようとしているのか。

「カシャから出す妃は、王都の派閥間の調整によって、正妃に次ぐ第二妃の位をいただくことが決まっている。――現王家の歴史上はじめて、原住民のペトラ人から王家に入る花嫁、それがおまえだ。ベルタ」

つまりこの瞬間、ベルタは望むと望まざるとにかかわらず、歴史に名を残す女となることが確定したのだった。

西日が不快に肌を刺している。まだ肌寒い春先、夜に備えて厚手の上衣を羽織っていたベルタは、こめかみに嫌な汗が流れるのを感じた。

「この役目、おまえ以外の娘たちにはさすがに荷が重すぎる」

「……それは、そうでしょうね」

本当はベルタにだって重すぎると言いたいが、まがりなりにも一族の嫡女として育てられてきた矜持がそれを思い留まらせた。こういう控えめなところが損な性分だとベルタは自覚している。

「案ずるな、おまえは何もしなくていい。おまえという布石を後宮に打ち込むだけで、外朝の権力構造は否でも動く。妃が一人入るだけで、優秀な外交官百人分の働きになる」

「その『何もしない』が一番難しいでしょうね。わかって言っているでしょう、お父さま。後宮内で私という存在は完全に異分子、仲睦まじい国王夫妻の間に割って入る悪女になれと言うのだから」

由緒正しい貴族の姫君である正妃殿下や、色好みと噂の国王陛下の愛人たちを相手取って、「何もしない」ように見せる生活を送ることがどれだけ困難か。

ただ一族の嫡女に産まれたというだけで負わされる責務としては、あまりに割に合わない。ベルタの中に流れる、遠い祖先の商人の血が、交渉をふっかけろと騒いでいる。

「お父さま。この話をお受けする条件に、ひとつ提案があるのですが」

「ほう？」

ベルタは転んでもただでは起きない性格だった。

「私が後宮を出る時のことです」

嫁に行く前から出戻ることを考えている娘に対し、父は面白そうに腕を組んだだけで話の続きを促した。

「状況を鑑みるに、生涯を王家に捧げるという雰囲気でもないでしょう。一生を余所者として王宮で過ごすような将来は御免です」

自分が言っていることが父の見出す方策と嚙み合っている自信があるわけではなかったが、後から言い出すよりも今この場で言質を取っておきたい思いがベルタの口を動かした。

「王宮の片隅で腐っていくよりも、カシャ一族の中に居たほうが、よほど私は役に立ちます」

「それはそうだろうな。私とて、総領姫として大事に育てたおまえを差し出すのは惜しい」

父との交渉において、情に訴えすぎるのは得策ではなかった。この身内に甘い男には、ある程度の効果はあるかもしれないが、滅多なことでは自らの判断を変えない父を動かすことまではできないだろう。

「私が妃として果たす役割を終えたと感じたら、お父さまは私を南部に呼び戻してくださいな」

ベルタがそう感じるのでも、父が見切るのでも良い。

とにかくベルタは、将来ここに帰って来られる道を模索したかったし、そうすることがひいてはカシャ一族のためにもなると信じている。

「今回のお話は、私からお父さまに貸し一つです。せいぜい第二妃として目一杯、国王夫妻にお仕えして参ります。ですからそんな大役を果たした私に与える相続は、条件をはずんでくださらなければ」

ベルタの精一杯の強がりに、父はもちろん気がついただろう。彼は少しの沈黙の後に笑い声を上げた。

「頼もしいな！　私の娘は。わかっている、万事おまえの言う通りだ。王妃の箔をつけて帰ってくる娘には、元々相続させる予定の土地は言うに及ばず、もちろん色を付けて労おう」

「ではその旨、一筆書いてくださいませ。王都には持っていけないので、お母さまにでも預けておきますから」

ベルタは勝手知ったる父の書斎で、父が最重要の契約を巻く時に使う箔押しの高級紙を取り出し、机に広げるとペンを突きつけた。

父は娘の行動を特に止めもせず眺めていたが、ペンを受け取る時、はっきりとベルタの顔を見た。黄昏に紛れ、その目の色はベルタには見えなかったが、見えなくて良かったと彼女は思った。

「ベルタ。……私の大事な娘。たとえ王家にやったとしても、カシャがいつでもおまえの味方だということを決して忘れるな。安心して後顧の憂いなく、王都で戦ってくると良い」

後宮という戦地に娘を送り出す父親の心情は、ベルタには想像がつかなかった。


当のベルタが粛々と嫁入り支度を整えている頃、侍女たちは実は少し困っていた。

どういう反応をしたら良いのか。

仕える主人の結婚を寿いで良いものか、それとも、苦労することが目に見えている婚姻のために王都に行かざるを得ない姫さまを、そばで慰め支えるべきなのか。

「……姫さまのご様子は？」

「わからないわ。相変わらずお忙しそう。昼は人に会って、夜は調度品の発注やドレスの採寸から何から、嫁入り支度に追われて休む間もないようよ」

侍女たちももちろん総動員で支度を手伝っているものの、やはり本人にしか決められないことも多い。ベルタの負担の程度は推して知れた。

支度のために与えられた時間は、大領主の姫君の結婚にしては短い期間だった。

王室との縁組であることや、第二妃として嫁ぐ婚姻の性質を考慮すれば、ぎりぎり妥当と言ったところか。

「本当は残り少ないご家族との時間を、ゆっくり過ごされたいでしょうに」

権勢揺るぎないカシャの嫡女である姫さまが、まさか正妻ではなく第二夫人として嫁ぐ結婚をすることになるとは、侍女たちは夢にも思っていなかった。けれど相手が相手なので、予想外ではあっても何も言うことはできない。

「そもそも姫さまは妙に淡々としていらっしゃるし、二度と故郷の土を踏まないみたいな様子でもないわよ」

「えっそうなの。私はもう叔母(おば)夫婦に今生の別れのつもりの挨拶(あいさつ)までしちゃったわよ」

「それもわからないわ。姫さまが何を考えていらっしゃるか読み切れないのは元々だけれど」

その夜侍女たちは、ベルタの私室の調度をひとつひとつ丁寧に梱包(こんぽう)しながら、本人にそれとなく聞いてみた。

彼女は侍女たちの作業に指示を出す手を止め、簡潔に返答した。

「さあ。先のことはわからない」

それもそうだ。

侍女たちは思い思いに顔を見合わせた。

「それもそうでございますね」

彼女には使用人より多くのものが見えているとして、それでも当然全てを知っているわけではない。結婚相手の人柄も、王宮の環境も、結局のところ行ってみなければ誰にもわからないのだった。

ただ、ベルタは本音を吐露するように、手に取っていた気に入りの香水瓶を撫でながらぽつりと言葉をこぼした。

「でも私はここに、また帰ってきたいのよ」

嫁いだら最後、婚家の人間になったと見なされるのが慣習の時代だ。侍女の一人が遠慮がちに問い返す。

「……帰って来られるものでしょうか？」

「正式な婚姻の形をもって嫁ぐとはいえ、カシャに与えられるのは、王室に前例のない第二妃という名の地位よ。王都とこちらの認識に齟齬がないとは言えないし、もしかしたら早晩妃の座を追われるかもしれないしね」

それは明確にカシャの政策が失敗したという局面だろうが、いつも淡々としているベルタは、今日はいっそ投げやりな様子にすら見えた。

彼女たちの姫さまは、考えすぎて少し疲れているのかもしれない。ただでさえ出立のための雑務に追われているだろうに、その脳内はおそらく体以上に忙しい。

「状況次第でしょうね。私という存在が南部の政策にとって、無用の長物になる可能性もある。それが五年後か数十年後かはわからないけれど。ともかく、戻ってくるための布石は手間を惜しまないで打っていく」

自分自身に言い聞かせるように言って、ベルタは話を切った。

「姫さまのために、私たちができることはございますか」

侍女たちは、元よりベルタのために生涯を捧げる覚悟を決めているが、更に主人のために自分たちに何ができるかを考えた。

ベルタはそんな侍女たちの神妙な顔を見て、久しぶりに少しだけ笑顔を見せる。

「普段通りでいいわ」

本来は決して楽観主義者とは言えない彼女だが、気心の知れた侍女たちと共に、王都でも地に足のついた生活を貫き通す意志だけは固かった。

「たとえ王宮に場所が移っても、私たちの役割は何も変わらない。考えてもわからないことは考えないで、王都には物見遊山のつもりで参りましょう」

事態は既に動き出した。彼女たちの誰もが、その時代の歯車の一つに過ぎなかった。

＊

現国王ハロルドは、前王の庶子としてこの世に生を受けた。

ハロルドの父と、その正妻との間には子が生まれなかった。やむを得ず、父は愛人との間に産まれた一粒種のハロルドを幼くして立太子させた。

その時点で近隣国や、国教であるプロスペロ教会と王家の間には大きな亀裂が走った。

プロスペロ教会は一夫一婦制以外を許さず、婚外子であるハロルドを正統な後継者とは認めなかったためだ。

それでも、近隣国と比較して強大な軍事力を持つ当国に、表立って楯突く国はなく、父の代では決定的な決裂や戦争には発展しなかった。

ハロルドは愛人の子ではあったが、その愛人は王妃に忠実な元侍女であったし、貴族たちに受け入れられやすい立場の女だった。父の正妻に引き取られて実子のように育てられ、五歳で立太子し、数年後には同じ王統の「純血」である従妹姫との婚約も成立していた。

つまり父の代までは、ハロルドのような存在は長い歴史の中の例外として片付けられ、血統の瑕疵は次代の婚姻によって治癒されると考えられたのだった。

しかし、ハロルドは従妹姫でもある正妃マルグリットとの間に、子をもうけることができなかった。

結婚生活の中で何度か懐妊したマルグリットだが、流産や早産に見舞われて不幸が続いた。そうしているうちに懐妊自体が難しい体となってしまった。

正妃は、自身が死ねばハロルドはまた婚姻できると考え、自殺未遂まで起こした。

プロスペロ教会の教義は離婚を禁じているとともに、もちろん自殺も禁じている。ハロルドに離縁という禁を犯させるよりも己が罪を被ろうとした行動だった。

ハロルドは正妃を哀れに思い、同時にうすら寒い恐怖を感じた。

子に恵まれないくらいで揺らぐ権力とは何だ？

ハロルドは揺るぎない一国の長であり、常に執務に尽力して君主としての責を果たしている。マルグリットはその国家の女主人として確固たる地位にあるはずだ。

従妹であり、幼い頃から共に育ったマルグリットには家族としての情があった。

だが、最後の死産を経験した後、泣き崩れたマルグリットがハロルドに漏らした言葉は、彼をそれなりに打ちのめした。

『――貴方を救って差し上げたかった』

彼女はその身に流れる王統の純血をもって、夫の半身に流れる罪の血を贖いたかったのだ。

それがマルグリットの正義であり、つまりハロルドは、マルグリットの生家である内陸の近隣国や国教会と関わり続ける限り、彼女の言うように不幸な罪の子として扱われ続けるのだろう。

その事実は彼に、旧来の勢力との別離を決意させるに充分だった。

『既に機は熟した。未だ、私を正式な君主と認めないプロスペロ教会から独立し、この地に新たな教会を建てよ』

もちろんハロルドは教義の分裂に際しても充分な注意を払った。

国王自らが、新たに定めた国教に改宗したとはいえ、プロスペロ教会への莫大な補助金はすぐには打ち切らず、また絶対に改宗したくはないというマルグリットの言い分も聞き入れた。

マルグリットとハロルドは、以前のように睦まじい夫婦とは言えなくなったかもしれないが、それでも互いを兄妹のように思い、家族として尊重し合う関係は変わらなかった。

二人はこの国の盟主として、時に教義や政治的に対立しながらも、ハロルドの代で現地との融和に大きく踏み出した王家の両輪をなして調和していた。

最初にハロルドに愛人を用意したのは、正妃であるマルグリット本人だった。

彼女は生家から貴族の娘を呼び寄せ、表向きは自身の侍女としてハロルドに侍らせた。

それでもなかなか子が産まれなければ、次はマルグリットに長年仕える侍女や、他にも身の回りの娘をハロルドに差し出した。

彼女は、旧来通りの、貴族の青い血だけを継ぐ跡取りを欲した。

それに黙っていなかった現地系の貴族たちも、マルグリットと競うように血縁の娘たちを王宮に上げるようになった。

マルグリットはその時ばかりは涙ながらに、どうかその娘たちに寵を与えないようハロルドに進言した。懇願と言ってもよかった。

本意ではなく王宮はハレムの様相を呈しながらも、ついに一人も健康な子に恵まれないままハロルドは三十路に差し掛かっていた。

それも無理からぬことで、生母の血で薄まったとはいえハロルドとて近親婚で煮詰まった王家の血統が色濃いのだ。ただ一人でも、健康な子が、できれば跡を継げる男の子が産まれれば、それ以上は望むべくもない。

交易都市の豪商の娘、ベルタ・カシャの輿入れが打診されたのはその頃だった。

カシャ一族は代々の商才で莫大な財をなしながら、それでいて王家には一切の権威を望まず仕官もしていない。王都には遠い南の交易都市に居を構えるカシャ一族の内情は、あまり多くのことが知られていなかった。

王都に使者として来るのは萎(しな)びたような、それでも大変に扱いづらい老獪(ろうかい)な隠居のみで、代々当主は寄り付きもしない。

そのカシャが、ついに王家に対し行動を起こした。

それは山が動いたような一大事でもあった。今後、近隣国との距離が更に空いていくことが予想される限りは、国内の豪族との融和は欠かせない。

王宮の議会の場ではそれぞれの派閥の者が各々(おのおの)見解を述べ、議論が紛糾した。

「ベルタ姫は現カシャ当主の嫡女です。カシャの今後の動向をうかがうためにも、是非とも王宮に確保しておきたい人物かと」

「となれば、さすがに今までのように建前上ですら侍女や女官として登用するわけにはいかないでしょうな」

玉座から議会の混戦を見下ろしながら、ハロルドは苦い思いを味わっていた。

「恐れながら過激派の一部からは、現在の王妃殿下を廃して正妃としてお迎えしてはどうかという意見すら出ております」

素知らぬ顔で極論を奏上してくる男の顔が癪(しゃく)にさわる。

「ほう。そなたはそれを私に奏上して、なんとする？　正統な王妃であるマルグリットを蔑ろにする不届き者を罰せよという訴えならば、わからなくもないが」

その男本人がまさに、その過激な意見を持ち出している新興派閥の者だった。

「い、いえ……私めはただ、そのような意見が持ち上がっているということを、陛下のお耳に入れたほうがよろしいかと存じまして、」

ハロルドは白けた目で男を一瞥するに止めた。不愉快だったが、男を退けたところで焼け石に水でしかないからだ。

このような発言をする者が、国王臨席の議会に出席できるほどの立場にあるという事実そのものが問題だった。そして、新興貴族にそこまでの台頭を許してしまっている現状は、他ならぬ王家の代々の失策によるものだ。

この問題を根本的に解決できるだけの力を、現王ハロルドはいまだ有していない。

ハロルドは、その案自体は退けたものの、苦しい折衷案を呑まざるを得なかった。

「──ベルタ・カシャを、正式な妃として第二妃の待遇で迎え入れる」

それは彼が、捨てた国教の教えについに完全に背く瞬間でもあった。

側近は主人の不機嫌を察しつつも、遠慮がちに口を開いた。

「マルグリットさまは何と？」

執務室に戻り、ようやく一息つくことができたハロルドだが、その疲労の色は濃い。

「公式の宣下前に伝えはしたが、ろくに話し合えていない。元々、マルグリットや彼女の生家の立場からは到底認められる話でもないだろう」

プロスペロ教会は二重結婚を認めない。マルグリットはおそらく今後も、第二妃の存在を公式に認めることなく、良くて黙殺、場合によっては決定的な対立をするだろうと思われた。

ハロルド自身も彼女を、ただ一人生涯の伴侶と定めて十数年連れ添ってきた。

しかし、新たな婚姻は既に国策として決定した路線の話だ。マルグリットと話し合い、さめざめ泣かれてしまったとしても、今更決定を覆すことはできない。

「ともかくマルグリットの当面の不満を逸らさなければならないな。今後しばらくマルグリットの宮や、彼女の気に入りの女官のもとに通うよ。ベルタ姫を第二妃として迎える前後も」

マルグリットの背後にある生国や保守派貴族の姿も無視できない。

そして元々、彼女がハロルドに求める責務の大半は、ハロルド自身の王としての最大の義務でもあるのだ。そう納得し、ハロルドは今もマルグリットに寄り添っている。

側近は彼の言葉を聞いて返答に迷ったようだった。

「こちらとしては、公式の場で両妃殿下が顔を合わせないよう極力調整を図ります」

「ああ。助かる」

側近にとってハロルドは気の毒な存在だろうか。それとも、滑稽に映っているだろうか。たった一人と定めた伴侶の言いなりに後宮を築き上げ、更にそれだけでは飽き足らず、ついに現地の娘にも手を付ける。近隣国から不名誉な噂の的にされるような王だ。

けれどカシャ一族の嫡女を、冷遇しておくことはできない。

それは待遇自体もそうであったし、ハロルドは今までマルグリットの懇願通り彼女に差し出された娘以外には手を付けていなかったが、さすがにベルタ・カシャとは実際の意味で結婚せざるを得ないだろう。

「セルヒオ。ベルタ姫について何か調べられるか?」

有能な実務官でもある側近は、難しい顔をした。

「人は動かしてみますが、あまり期待はできません。南部は閉鎖的でただでさえ情報が入りづらいですし、こちらは慢性的に人材不足です」

「……そうだな」

ベルタ・カシャについては、カシャ当主の嫡女であること、そして二十歳前後の姫というわずかな情報しか入ってきていない。

「落ち着いた、争いの火種にならないような姫君だといいんだが」

ハロルドは己の新たな妃となる姫君の姿を想像したが、その感情は結婚を夢想する幸福感とは程遠いものだった。

＊

結婚は、夏の盛りの時期だった。

父の執務室で婚姻に合意した日から、季節が二つも変わらないうちにベルタの環境は一変した。

彼とベルタが最初に会ったのは、ベルタが王宮に入った当日、謁見の間でのことだった。

「――面を上げよ」

想像よりも低く落ち着いた声は、カシャ側の使節の重々しい緊張感に引きずられることもなく、静まり返った謁見の間によく響いた。

臣下としての礼をとり、下座で深く首を垂れていたベルタは、その声を聞いてゆっくりと顔を上げた。

勿体ぶるつもりはなかったものの、ベルタは殊更慎重に視線を動かして壇上の玉座を仰ぎ見る。視線ひとつ、指先ひとつの動かし方を間違えただけで、粗野な田舎娘と見なされるような局面だった。

「カシャが当主の娘、ベルタにございます。国王陛下に拝顔の栄を賜りましてございます」

とはいえベルタも、緊張に支配されている場合ではない。物見高い貴族たちの視線を受け流しながら、彼女はただ玉座にだけ意識を向けた。

三十代の若き国王は、美しく伸びた鼻梁(びりょう)も、精巧な顔の輪郭も、ともすれば中性的にすら見える容姿ではあった。そのわりになよなよとした印象を受けないのは、体格がしっかりしているからかもしれない。

その男はベルタを見ているようで、見ていなかった。彼の青い目は、細工物の水晶のような無機質な空虚さでベルタを素通りする。

事前に集めさせた噂通りの、いかにも支配階級然とした青い血の貴族。——その源流とも言うべき家系の当代。

謁見の間は、明かり取りの窓が小さいのか、ひしめく人々の数が多いのか、少し薄暗い。南部の派手で見栄えのする内装に慣れたベルタの目には、石造りの重厚な王宮は初見ではひどく質素なものに見えた。

「そなたを歓迎しよう。我が王宮でも気楽に過ごすと良い」

「ありがたき幸せにございます」

内容に反して温度の乗らない声は、小石でも飲み込ませられたかのようにベルタの息を詰める。後宮に召し上げられるに遜色(そんしょく)のない盛装は重く不自由で、きつく締めあげたコルセットは枷(かせ)のようだった。

とても形骸的なやり取りをして、その他にも無難な会話を二、三交わし、ベルタはつつがなく謁見を終えた。あの時何を話したか、後々ろくに記憶に残らないような浅い時間だった。

国益のために第二妃として迎え入れられた妻だ。それ以上でもそれ以下でもない。

わかってはいたが、無表情に近い冷たい顔は、その冴えた美貌も相まって、彼を生身の人間と思わせなかった。


謁見を終えたベルタは、そのまま後宮に入った。

第二妃として与えられた彼女の宮は、存外に立派なしつらえのものだった。あまり居心地は良くなさそうだが、それでも側室や愛妾として入ったのとでは雲泥の差の待遇だろう。

カシャの潤沢な資金をもとに、金に糸目をつけず整えられた住まいの宮は、他に威圧感を与えるに充分な仕上がりだった。手間のかかった調度品に囲まれる、肝心の妃たるベルタ自身はどうしてもごまかしきれない地味さがあったが、妃の容姿そのものはこの結婚の意味にあまり大きく害をなさない。

「ご立派でしたわ。元々、誰かに頭を下げる必要などなかったような姫さまですのに」

謁見の場にも同伴していた侍女は、重たいドレスを脱ごうとするベルタの介助をしながら、感慨深げにそう言った。

それはその通りで、ベルタは実際、これまで生きてきて人より下座に立つことはほとんどなかった。そのため南部から出て、臣下の礼をとらされること自体が新鮮ではあった。

「そういうものでしょう。ここはカシャではなく王宮で、相手はこの国の君主なんだもの」

しかしベルタは、ここでの己の役割をよく自覚していたし、そのために必要な振る舞いを覚えることに躊躇(ためら)いはなかった。

今回の婚姻は確かに予想外のことではあったが、ベルタは元よりあらゆる将来の可能性を見越して教育されてきた。

百花咲き誇る後宮では、自分はきっと国王に愛されることはない。

だが、それでも構わないと思っていた。ベルタがカシャ一族の娘としてここにいることが何よりも重要だ。妃という役職についた、動かない石として。

第二妃に値する地位に据えられたからには、王家もベルタやカシャの家を、そうそう軽んじることはないだろう。

彼女の予想はだいたい当たった。

国王は、ベルタが宮に入った日から数えて三夜、閨(ねや)に足を運んだ。それは古式に則(のっと)った結婚のやり方で、つまりは正妻を妃に迎えたのと同じ手順を持ってカシャの娘を後宮に入れるのだと、その行動で世間に知らしめたのだ。

　そのことはカシャの父を大いに満足させたし、結婚の意味そのものを加重する行動だった。

　だが、もう一つ予想通りだったことに、国王の行動には政治的な意図以外のものは何もなかった。明らかに気乗りしない様子で初夜から三日続けて通われ続け、ベルタは気疲れしてしまった。


　最初の三夜以降、国王からの接触はパタリと止んだ。

　生家から連れてきた侍女たちは残念がったようだが、ベルタ本人はもう色々とすり減っていたのでせいせいした。

　これから先、国王が渡ってくることはもうないだろうと思い、周りの付き人たちに寝所をそれ専用に整えることを止めさせた。

　それから、後宮内でたまに遠くから見かける国王は、周囲には誰かしら美女を侍らせているようだった。

　それは正妃であることが多かったが、そばに置かれる女たちはいずれも現地の民の血の混じらない貴族の娘たちで、誰もが美しかった。

「正妃殿下の背後にいて、こちらをあからさまに睨んでいるのが女官長です」

「妃殿下の取り巻きの方々は右から順に、クリスティーナさま、ヨラ子爵夫人、アドリアンヌさま。いずれの方々も国王陛下のお手付きです」

カシャから連れてきた勤勉なペトラ人侍女たちは、後宮内の内情に関する情報を順調に吸収しているようだった。あまり関係のない世界だと感じるベルタはどこか他人事として聞いていた。

遠目に見かけただけで、挨拶が必要なほどの距離ではなかったので、さりげなくその場を通り過ぎながら侍女たちと小声で応酬する。

「なんだか側室たちの顔は覚えられなそう」

言ってからちょっと嫌みに聞こえたかと気にかかったが、侍女たちもまたベルタの言葉に頷いていた。

「確かにどなたも似たり寄ったりの印象ですね。それぞれおきれいなのですが、特徴がないと言いますか、なんというかこう、今ひとつ意思が弱そうと言いますか」

「陛下のご趣味でしょうか」

美しい背景として埋没するような取り巻きの美女たちに関して、特に思うことはない。

ただベルタは、直感としてひとつの答えを得ている。

「いいえ。陛下ご自身の女の趣味というよりは、あの環境を作り上げているのは……正妃さまでしょうね」

ベルタは、正妃マルグリットにだけは強い関心を向けていた。夫の正妻という存在は、ただでさえ気にかかるものだろうが、浮世離れした天上の住人のような正妃マルグリット。生まれながらの王族である彼女は、ただそこに存在するというだけで完全な説得力を持って後宮に君臨していた。

ベルタは、まだ一度も正妃マルグリットに正式な挨拶をしていない。面会の申し出は無視され続けていた。なぜ側女が堂々と正妻の前に出ようとするのか、というのが、あちらの女官が憎々しげに言い置いた言葉で、関係構築が絶望的なことは明らかだった。

とはいえそれも無理もない話かもしれない。

なぜなら後宮は、第二妃ベルタの投入により、非常にわかりやすい対立構造に発展しかけている。

ここに来る前はもっと、大多数の女たちに遠巻きにされるかと思っていた。けれど実際蓋(ふた)を開けてみれば、案外地位の通りの真っ当な扱いを受けている。

後宮内には正妃派閥の伝統的貴族の娘だけではなく、手を付けられていないペトラ人の娘たちがたくさんいたからだ。そういう娘たちの多くは、家の都合で出仕させられたまま、特に国王と会うこともなく、表向きはただ女官や侍女として後宮に仕えていた。

ベルタは実家の権威が大きすぎたため仕方なく正式な結婚の形を取られたが、立場としては似たようなものだ。彼女たちが、庇護を求めて同じペトラ人であるベルタに擦り寄るのは当然だっただろう。

「妃殿下。本日は、王都の街中で近頃流行している菓子など持参いたしましたわ」

「妃殿下のお口に合うとよろしいのですが」

諸問題の矢面に立たされたくないベルタは、彼女たちを庇護下に入れて急接近するような流れも避けたい。とはいえ彼女たちの背後にある、新興ペトラ人の派閥も立場上無視することはできなかった。

「……まあ。ありがとう、お茶にしましょうか」

そのためベルタは、時折彼女たちを宮に召し出し、友人付き合いをすることでお茶を濁していた。

そうしてできるだけ当たり障りなく振る舞っているうちに、周囲はベルタを中心に置いた緩やかな派閥を作り上げ、第二妃としての後宮内での地位は盤石なものになりつつあった。

「こちらでのお暮らしには慣れられましたでしょうか？」

「南とは風土も、食事も少し異なりますものね。わたくしもこちらに来た当初は食欲をなくし、少々不自由な思いをいたしました」

　王都育ちの新興貴族の娘も、南部から召し上げられた娘たちも、この後宮では「ペトラ人」は等しく意味を持たない。正妃マルグリットのお眼鏡にかなう北方の貴族のような容姿を持たない女たちは、明確な後ろ盾もない状態で放り込まれ、ただ後宮の片隅で小さくなって生活していたようだった。

「確かに王宮の料理は薄味で慣れないわね」

「そうなのです。それなのに、出される甘味だけはやたらと甘ったるく、濃いお茶がなければとても喉(のど)を通らないほどで……。こちらでは、王都の市街などで小間使いに買い求めさせる素朴な菓子が一番美味ですわ」

　なるほど今日の手土産も、そうした経緯でこの後宮にあるらしい。彼女たちが熱心に毒味を買って出た理由がわかった。

　額面的な敬意よりも一歩踏み込んで、実際ベルタの味覚を気遣い、口に合いそうな菓子を持参したのだろう。厚意からの行動だろうし、悪気のなさはひしひしと感じる。だが第二妃という立場の女に献上する品としては如何(いか)にもまずい。

　可愛らしい側室候補の少女たちは年若く、経験の少なさの分だけ迂闊(うかつ)だった。ベルタの侍女は、彼女たちからは見えないところで一瞬苦々しい顔をして見せる。

　ベルタはそんな侍女の反応を把握しつつも、少女たちには穏当に対応した。

「ご苦労をされたのね。これから、必要であれば時折、私が南部から連れてきた料理人をお貸ししましょう。私の料理人はお菓子作りも得意なの」

彼女たちが庶民の食べ物を度々市井に買い求めているという事実も、おそらく伝統的な保守派の貴族たちに揶揄される元だろう。

「まあ！　妃殿下は料理人のお抱えも許されていらっしゃるのですね」

「楽しみですわ、是非ご相伴にあずからせてくださいませ」

確かにペトラ人女官たちがこれでは、遠目に見るだけでも洗練されている、正妃派閥の女官たちとの差が開きすぎている。後宮の力関係の梃入れのためにベルタが送り込まれたのも納得だが、もしや期待されている職務の中には、彼女たちの再教育も含まれているのだろうか。

「妃殿下がいらしてくださって、わたくしたちは本当に嬉しいですわ」

「希望もなく無為に過ごしていた日々に明かりが灯ったようです」

彼女たちの相手をするのは正直、骨が折れるが、ベルタは元々自分に懐いてくる罪のない人間を無下にはできない性格だった。結局、料理人にはそれぞれの味の好みなどを把握させ、その後もそれなりに細やかに気を遣っていく羽目になった。

「ご長女気質は生家を出られたところで変わりありませんね」

主人をよく理解している侍女に呆れ交じりにそう言われたが、ベルタは苦笑を返すに止めた。

ベルタ自身は、辺境のペトラ人の文化に馴染んで育ったために、一夫多妻制に特に違和感を覚えてはいなかった。

地位と権力のある男性が複数の妻を持つのは普通のことで、妻同士は協力して家を守るべきだ。その婚姻形式のあり方を彼女はこの王宮で誰よりも理解していた。

だからこそ、国王や王宮の貴族たちが、第二妃という存在の意味を全く理解しようとしないまま自分を迎えたであろうことは、ベルタの目からは浮き彫りになってしまう。

彼ら王侯貴族は長く、その王統が始まった時からずっと、一人の夫には一人の妻だけを認めてきた。形式的にその国教に背いたとはいえ、人の考えはそう簡単に変わるものではない。

つまり、国王にとってベルタは妻の一人ではなく、当たらず障らず王宮に置いておくだけの臣下の娘に過ぎないのだ。

まして正妃にとってはなおさらで、ベルタは彼女の夫との間に割り込む災厄のようなものでしかないのだろう。

「派閥調整のために嫁いだとはいえ、多少は王家のために働く気持ちもあった。陛下が私を使うのなら、妃としての役割を全うして王家に義理立てするつもりもあったのに。これではだめね」

立場上、絶対に正妃には好意的に受け入れられないだろうとわかってはいたが、ベルタの側からは正妃に対し年長の姉にするように敬意を払い、必要とあらば彼女に額ずいて体よく「扱われて」見せる覚悟もあった。

だが、そもそも正妃マルグリットはベルタを、同じ言語の通じる一個人としては捉えていないかもしれない。

「陛下は名君だと噂に聞いていたから、やっぱり心のどこかではちょっと期待していたみたい。でも、あちらの王家や大貴族たちにとって名君であることと、私たちから見て名君であることは、必ずしも同じではない」

ベルタは、後宮の中で唯一気楽に過ごせる場所である自身の宮に引きこもり、カシャから連れてきた親しい侍女たちを相手に毒づいていた。

「さようでございますね。姫さまが気に病まれる必要はありませんわ」

「姫さまを大切になさらない陛下のためにお心を砕かれる義理はございません。先方が妃としてのお仕事を求めておられないのですから、姫さまは下手にやる気を出さず、こちらでご隠居生活を楽しまれるのがよろしいかと存じます」

主人と同じく侍女たちの物言いも身も蓋もなかった。

「はあ。早く後宮から出たいなあ」

「今しばらくのご辛抱ですわ。そうですね、あと五年から十年ほど」

ペトラ人の新興派閥に担ぎ上げられながら、正妃の派閥と決定的な対立を避けて無難に過ごしていくには、少々辛抱がいる期間だ。

「そうしたら私は悠々自適に自分の領地で生活するの。お父さまから相続の言質も取った」

その頃には、今はまだ幼い弟も成人しているだろう。ベルタは生家に戻り、適当に分家の次男あたりを見繕って再婚した後、相続する土地で領国経営に勤しむ未来を思い描いた。

「あなたたちかあなたたちの夫にも、私の城のそばに屋敷を建てて要職をあげる」

侍女はくすくすと笑った。

「あらあら、領主さまの地位を私物化するとは暗君ですこと」

「そのくらい良いじゃない、この魔窟で私のために働いてくれた忠誠心には報いないとね」

異常な後宮生活に早くも馴染み始めた主従は、これから始まる窮屈で有閑な日々に思いを馳せて、退屈を分かち合っていた。

ベルタは輿入れ以来、一度も公の場に列席を求められることはなく、むしろしゃしゃり出ないことを推奨されているような雰囲気ですらあった。想像していたよりも、彼女の役目はずっと少なかった。

このまま生家に義理返しするくらいには役に立ちつつ、あとはこの後宮から出ていける日を待つだけの暮らしになるはずだった。

最初に違和感に気がついたのは、彼女の侍女のうちの一人だった。

「最近なんだかとても眠いのよ」

ベルタ本人もそう自覚している通り、この頃彼女は気が散漫になりがちで、食事時でさえ睡魔に襲われていることが珍しくなくなっていた。

侍女はそんな主人を、少し離れた位置から慎重に観察していた。今日もベルタは食事中にうつらうつらと船を漕ぎ始め、彼女の脱力した指先からは、スプーンが今にも滑り落ちそうだ。

周囲はどうしたものか迷っている様子だ。声をかけて起こすか、給仕係が顔を見合わせて探っているうちに、案の定スプーンが床に落下した。

けたたましい耳障りな金属音が、石壁の室内に反響して鳴り響く。

さすがにはっとして目を覚ましたらしいベルタは、給仕の侍女がすぐさま新しいスプーンを並べたことに礼を言った。

「あ、ありがとう」

「最近多うございますね。夜更かしして読書でもなさっているのですか？」

「ううん、そういうわけでもないんだけど」

「慣れない環境でお疲れなのですわ。今日は少し早めに休まれませ」

「そうね」

給仕の侍女やベルタ本人は日常のことと捉えているようだが、食事もままならないほどの眠気がそう何日も続くとなれば、さすがにこれは。

ベルタの様子を不審に思った侍女は、テーブル近くに進み出て、彼女の食べかけのスープの入った皿を覗いた。

「エマ？」

ベルタが不思議そうに侍女の顔を見上げる。彼女が食事の席について随分と時間が経つのに、スープはまだ半分ほど残っていた。

「姫さま。あまり食が進まれませんか？」

元々食の細いベルタだが、最近はその傾向が強いように感じていた。しかし、問われて彼女はきょとんとしている。

「そんなことないわ。ちゃんと食べ終わる」

彼女は一番近い侍女たちにまで、自身の不調を隠すような性格ではないし、もしかしたら自分でも気がついていないのかもしれない。

思い当たることは一つだけあって、侍女は慎重に言葉を選びながら重々しく口を開いた。

食欲の減退も異様な眠気も、――原因が一つならば。

「姫さま。一度、お医者さまをお呼びしましょうか」

ベルタは本気に取り合わず笑った。

「エマ、大げさよ。このくらいいつものことじゃない」

「確かに姫さまが、お疲れで食欲をなくされるのも、夜更かしの読書で寝不足になられるのも平素のことですが。……ですが姫さまは、先日ご結婚なさいました」

察しの悪いわけではないはずのベルタが、なおも侍女の意図を測りかねるというように不安な顔をした。

「え？」

彼女の手から、今度はテーブルの上にスプーンが落ちて、カタ、と小さな音を立てた。

「……え？」

＊

彼女の早々の懐妊は、誰にとっても予想外のことだった。

「……カシャ妃が身ごもった？」

後宮事務官からもたらされたその報告は、その日王宮深部に驚愕をもたらした。

「なんと！」

「まずはおめでとう存じます陛下」

もちろん、ハロルドもいずれは彼女を実際に王妃として遇し、ペトラ人の血の入った実子をもうけることになる可能性も考えてはいた。

だが、それは少なくとも結婚早々の展望ではなかったし、正妃マルグリットとの関係性も考慮して婚姻から三日だけしかベルタ・カシャの元には通っていなかった。

どちらかと言うと妃本人よりも、妃を迎えたことによる外朝への影響に気を取られていたような状況で、懐妊の報告を聞くまで彼女本人のことは頭の片隅に追いやっていたほどだった。

「喜ばしいことではございませんか。陛下にはまだお世継ぎはもちろん姫君もいらっしゃいませんし」

現国王にいまだ子がないことは、側近たちにとっては最大の政治課題ですらあった。思慮深く優秀な彼らの国王が、子がないという一点の事実のみをもって、欠陥のある王として歴史に名を残すことが我慢ならなかったのだ。

たとえ正妃の子ではなくても、たとえその生母が王家にとって異質の出自であっても、少なくとも国王にただの一人も子がないという現状を脱することができるかもしれない。そう考えれば彼らはにわかに浮足立った。とにかく無事に産まれさえすれば良い。

そうすれば、彼らの国王が種無しでは、と揶揄されることもなくなるからだ。

側近たちは浮つきを見せる一方で、ハロルド本人は存外に冷静に見えた。執務机の上に広げかけていた書類から一旦手を離し、考え事でもするかのように宙に視線を彷徨わせると、やがて首を傾げた。

「それは俺の子か？」

「……それは、もちろん。第二妃の挙動は王宮のしきたりとして女官が管理しておりますし、当然ながら時期の計算も合います」

事務官の目を掻い潜れるほど後宮の統制は甘くない。それをわかっていないはずはない国王だったが、彼がそれほど動揺するのも無理はなかった。

「時期、時期か。だが、あの時期のほんの数度だ。子を授かるように祈りを捧げてもいない」

「関係ありません。やることはやったのだからできる時にはできるものです」

「そもそも俺はベルタ・カシャに子を産ませるつもりがあって通ったわけではない」

ハロルドは、胸の内に広がっていく素直な喜びを、自身の侍従たちの前ですら表現して良いものかわかりかねていた。

最初にマルグリットと結婚して閨を共にしてから十五年近く、ハロルドは長く苦しい思いをしながら世継ぎを切望していた。十五年だ。彼が成人して生殖能力があると見なされてから今日まで、いっそうんざりするほど「国王としての義務」を求められてきた。

だがそれだけではない。

子がないということを過剰に注目され続ける中で、ハロルド自身もごく平凡に、人の親になってみたいという欲を心の中で育てていた。自分の子が産まれ、健康に育つという日々を、幾度想像したか知れない。

「全く困ったことだ」

はじめに切望した正妃マルグリットとの間の子ではない。伝統的貴族の娘との子でもない。

そうだとしてハロルドの子には違いなかった。つまりペトラ人の母親から産まれてくるその子は、王家の直系だ。

「姫ならまだしも。……男児だったら」

ハロルドはどうするべきか。国の盟主としての、その政策の方向性すら左右されることになる。

次代を、現地の血を入れた王子に渡せるような地盤を、ハロルドは築いていない。大陸諸国との関係を踏まえても、変化は緩やかであるべきだと考えていたし、だからこそ後宮に入れられたベルタ・カシャ以外のペトラ人女官は放置していたのだ。

だが結局、神が定める運命に人は逆らえない。その子が生まれる定めだとして、ハロルドは国内ペトラ人勢力との融和に向け、大きく舵(かじ)を切ることになるのか。

考えなければならないこと、打たなければならない手は無数にあった。

ハロルドはふと、彼が庶子として生母の腹に宿った時の父王も、今のハロルドと同じ気持ちだったのかと考え、そして自分のあまりの早計さに自嘲した。

わかってはいるが、はやる心を抑えつけるのは難しいことだった。


「国中の名医を集めていただかなければ」

「それより先に、南部から妣さまの主治医を呼び寄せましょう」

「それから出産経験のある年配の侍女もお世話に必要よ」

「ああ、本当になんの支度もできていないわね！」

第二妃の宮で、侍女たちはてんやわんやの有り様だった。今回の輿入れに伴われた彼女たちの人選は、このような事態を想定したものでは到底なかった。

懐妊騒ぎで予定を狂わされていたのは、カシャ一族とて同じだ。

老獪で真意が読めないと中央に疎まれがちなカシャの現当主だが、実際のところ中央とは適度な距離で関わっていく以外の思惑も野心も、今回に関しては持ち合わせていなかった。反逆の徒としてやり玉に上げられたら面倒なので、人質としても機能する自身の嫡女を現国王の後宮に入内させた。

彼が娘に期待していたのは、あくまで王侯貴族と適切な距離を保つことであり、娘が産む子を足がかりに外戚として中央政治に参入するような野望はまるでなかった。

ベルタはもちろん、父のそんな意図を察していた。

万が一にも娘が国王の寵愛を得ることを期待していたのなら、一族はベルタではなく、多少格が下がっても愛嬌のある異母妹を選択するはずだ。

ましてや子を産ませるつもりだったのなら、圧力をかけて王族筋の正妃を廃させ、カシャの血筋の娘を正妻の座に押し込むくらいの裏工作はしただろう。


少しずつ体調を悪くしていることには気がついていたが、環境の負荷のせいだと気にも留めていなかった。もしや身ごもっているのではないかと遠慮がちに侍女に指摘された時、ベルタは最初なんの冗談かと思った。

それは、ベルタがこの縁組を承諾するに当たって真っ先に打ち消した考えだ。結婚相手が、三十路を越えて数多の女たちとの間に一人も子がない国王だったから。

侍女の手配した宮廷医師は、すぐさまベルタの宮に飛んできた。医師は脈を取り、侍女にベルタの体のことや周期のことを聞いた後、恭しく懐妊の診断を下した。

それ以来、ベルタは神経を尖らせた侍女たちの手によって、ひとまず寝室に押し込められている。

「陛下の御子は今までも確かにお産まれになっています。残念ながらどなたも成長されることなく、現世には束の間の生を受け、天に召されておしまいになりましたが」

宮廷医師にその話を聞くまで、ベルタはその事実を知らなかった。寝室内に控える侍女たちに視線を向けるが、彼女たちも初耳の様子だった。

王宮内では単に公然の秘密として処理されていた出来事だろうが、その話はほとんど人口に膾炙していない。

「あまりに尊く美しくお生まれになったため、その姿をお気に召した神がすぐに御許に呼び寄せられたのでございます」

装飾過多な宮廷医師の言上を聞きながら、ベルタの気分は浮かなかった。医師がこのような持って回った物言いに慣れきってしまっている事実そのものが、この後宮で繰り広げられた歴史の陰鬱さを映しているようなものだ。

王妃の懐妊、そして王の子の誕生という慶事が、なぜ世間一般には知れ渡らなかったのか。その理由は推して知れた。

濃すぎる尊い血を受けて病弱に生まれつき、生まれた瞬間から長くは生きられないだろうと誰もがわかるような、きっとこの腹の子の兄弟はそういう子たちだ。おそらく、懐妊という事実が十月十日を経て出産まで結び付く確率すら低かった。

「……無理もない。きっと天使のように清らかな美しい御子だったことでしょう」

「ええ。まことに、まことに」

あの陛下や正妃マルグリットの形質だけを受け継いだ王族の子は。金糸の巻き毛に白い肌、青い目の、大陸北方の血脈の子だっただろう。

神妙な顔で当時を思い起こし、ベルタの今回の懐妊に感無量といった様子の宮廷医師のいる前で、表面上は何も言えずただ心の中で思う。

（そういうことは、先に言っておいてほしかった……！）

言うまでもなく、カシャは多産の家系だ。異母の兄弟姉妹など十数人から居る。ぽこぽこ増えるものだからベルタは弟妹の正確な人数すら把握していない。

「陛下が妃殿下を迎えられた以上、妃殿下のご懐妊は神の定め給うた運命には相違ございません。妃殿下のお産みになる御子さまは今度こそ、きっと元気にお育ちになりましょう」

知っていれば回避できた事態かと問われればそれも微妙だが、誰もベルタにその可能性を指摘すらしなかった。たとえ国王に以前夭折した子があって、その能力が証明されていたとして、たまたま低い確率を引き当てたことは変わりないだろう。理解はしているものの、納得が追い付いていなかった。

こうなる可能性を父は頭のどこかでは考慮していただろうか。そうだとして、まともに外戚として後ろ盾になる気まではないだろう。南部と王室の関係値はそうした段階にまで達していない。

ベルタは、まだ薄いだけの自分の腹にそっと手を当てた。ここに何が入っているのか。実体のない、ふよふよと漂うだけの弱い存在は、理解するにはあまりに頼りない。

「まあ。陛下も、周囲があれほど熱望するご自身の御子がまさかペトラ人の腹から産まれてくるなんて、考えていらっしゃらなかったでしょうね」

王宮に来るまで、ベルタは国王の後継問題がこれほど深刻化していることを知らなかった。

南部で育ったベルタにとって、王室の直系が繋がろうが傍流にすげ替えられようが、大した関心はなかった。遠い王宮の内部で起きる権力闘争など所詮は他人事だった。

「けれど、私だってまさか、私の子供が王子か王女になるなんて考えてもみなかった」

それは仮にも妃として後宮に住まう女の言い分としては失格であったが、夫と妻などとは名ばかりで、儀礼的な夫婦関係以外は一切の関わりのない国王などもはや他人と変わりない。

後宮内で顔を合わせれば必ず力の限り嫌みを言ってくる女官長などのほうが、ベルタの基準ではよほど近しい知人という感じがする。

嫁いで以来外朝に対しては完全な無干渉を貫こうとしていたベルタだが、懐妊を機におそらく、一気に王家の最命題の矢面に立たされることになるだろう。既にベルタの周囲の環境は変化を強いられつつあった。

古今東西、後継者問題で揉めない家など存在しない。

ましてや今の王室は、周囲を見渡せばいくらでも火種が燻っているような状況だ。炎上する王宮の中心に、ベルタは明確な味方もなく我が子を投じることになるのか。

(私自身はまだいい。何があっても、自力で生きていくことができる立場だけれど)

けれどまだ生まれてもいないこの腹の子は、その身にどれほどの運命を背負うことになるのだろうか。

2

ジョハンナが登城したのは、彼女が二人目の子を産んでまだ間もない時期だった。

乳母候補の一人として、懐妊中の第二妃に面会するための登城だった。

彼女には、なんとしても乳母に選出されなければならない理由があった。ジョハンナが嫁いだ家は、伝統的小貴族の例に漏れず貧乏で、長年の領地経営の赤字によって借金も嵩んでいる。このままの財政状況では彼女の夫や子供たちは遠からず確実に食いっぱぐれる。

正直なところ当面の冬、産まれたばかりの我が子を凍えさせないようにたっぷり薪を買い込めるかどうかさえ、ジョハンナの仕官にかかっているのだった。

はじめて足を踏み入れる後宮内は奇妙な静寂に包まれていた。厳かな雰囲気と同時に、建築当時の面影そのままの伝統的な建物は、どこか底冷えのする寂しさを滲ませる。

第二妃の住まいである宮は、その重厚な王宮内の建物の中では一際目を引いた。

外壁や室内は人の手によって完璧に磨き上げられ、調度の一つ一つに至るまで趣味の良い一級品が集められている。

美しく調えられた瀟洒な内装は、まるで王宮が建てられた最盛期の姿に、この宮だけ息を吹き返しているようだ。

（北方の小貴族が領地を瘦せさせている一方で、南部はここまで豊かなんだわ）

正妃の派閥をはじめとした伝統的貴族の多くは、この時代には既に権威を細らせていた。

王侯貴族の多くは、その血筋の源流をこの国ではなく、北方の近隣国に持つ。異邦人の貴族たちが武力的な優位性をもってこの国を実効支配した時代が、現王朝の歴史の始まりだ。けれど、繁栄はもちろん永遠ではないし、近隣国との繋がりも昔の時代ほど盤石ではなくなっている。

これから先の時代に新たな権威に取って代わるのは、経済力や、民からの求心力を背景とした土着の大富豪に違いない。その急先鋒であるカシャ一族の娘、ベルタ・カシャは既に王宮内にすら食い込んだ。

その勢いはもはや止まらないだろうというのが、ジョハンナの親族の意見で、ジョハンナのような伝統的貴族の末端家系はいつの時代も強権力に擦り寄らなければ生き残れないのだった。

「シュルデ子爵夫人。随分と若いのね、出産は今回で二度目と聞いていたけれど」

一度目の登城でまさかいきなり第二妃本人に会えると思っていなかったジョハンナは、宮の奥、妃の私室にまで通されて目を白黒させていた。

ふかふかの長椅子に座らされて程なく、奥の部屋から細身の女が現れた。

すぐに誰だかわかった。この王宮に腹の大きい女は一人しかいないからだ。ジョハンナは慌てて立ち上がり、臣下の礼をとった。

(第二妃！ ご本人、このお方が)

細身の女——第二妃ベルタ・カシャは、ジョハンナを一瞥して親しみのある微笑みを浮かべると同時に、乳母候補の若さが気にかかったようだ。

「歳は当年十八にございます。三年前にシュルデ家に嫁ぎ、昨年、今年と続けて出産いたしました」

年齢のことはジョハンナが乳母に選ばれるかどうかの不安要素のひとつであったため、あらかじめ想定された問答ではあった。

「私の侍女たちの誰よりも若いわ」

カシャ妃は、二十歳と聞いていた実年齢よりも落ち着いて見えた。

背が高いからだろうか。女性にしては高身長で、それと同時に彼女はひどく痩せていた。その分だけ腹部の膨らみが目立ち、細い体の栄養を全て吸い取っているように見えていたけれど、そのような不安定な体型の時期ですら、彼女はいっそ頑健に見えた。この宮の主人として疑いようもない堂々とした彼女の雰囲気は、ジョハンナをとても緊張させた。

豊かで艶のある黒髪は、髪の強い癖を活かすように緩く結われて波打っている。陶器のように滑らかな肌は彼女の顔色を明るく見せたし、整った鼻梁も影の落ちる睫毛も、その顔の造形をよく彩っていた。

一般的な美人の条件に当てはめるには、彼女の容姿は迫力がありすぎるだろうか。

この時代の美人の条件を最も体現しているのは、他でもない現国王の正妃殿下のような女性だ。庇護欲を駆り立てるような繊細で儚い容貌に、色素の薄い髪や肌、柔らかい曲線美のある体。

ジョハンナから見て、カシャ妃がこの王宮に馴染んだ女性ではないことは明らかだった。

しかし、彼女はきっと彼女の属する文化圏では美しいとされている女性だと思った。そう思わせるだけの説得力が彼女の気品にはあって、ジョハンナはしばし彼女に見とれてしまっていた。

カシャ妃は、若すぎると気にしたもののジョハンナをすぐに追い返すでもなく、長椅子に着座を勧めると菓子や茶で、親しい友人にするようにもてなしてくれた。

「私の生家のほうでは、乳母の子と主家の子は一緒に育つのだけれど。こちらでは乳母の子は一緒には暮らせないと聞いたの」

「我々のような子爵家の子では身分が違います。王子さま、王女さまに直接お仕えすることは叶いません」

乳母になれば普通、主家の子に生涯仕えることになる。自分の産んだ子のことは二の次だ。

「それではあなたも寂しいでしょう。産んだばかりの子と離れて暮らすなんて」

「覚悟はできております。乳母としての責務や心得は、祖母から聞かされて育ちました」

ジョハンナの祖母は、昔土族の乳母を務めていた経歴があって、当然カシャ妃もそれを知っているだろう。今回ジョハンナがこの若さで候補に挙がったのも家系の実績があってのことだ。

カシャ妃は痛ましいような浮かない顔をした後、少しだけ声音を落とした。

「一緒に暮らすことは無理でも、私なら月に数度はあなたを家に帰してあげることができる」

「そ、それは……」

話の急展開についていけず、ジョハンナは言い淀む。そもそも採用されるかどうかもわかっていないのに。

「もちろん非公式にだけれどね。シュルデ子爵家の領地には名産の茶葉があるそうね。そうね、私はそのお茶がとても気に入って、あなたにわがままを言って月に二度ほど、城下にお使いに行ってもらうことにするわ」

乳母としての心得だとか、乳の出の良さだとか、色々と聞かれたら答えられるよう準備した問答はあった。

けれどどこんな状況は想定していない。なんと答えるのが乳母として正解なのか、全くわからない。手に負えないお妃さまだ。

（どうして侍女は誰も止めないの、誰もこちらの貴族の文化を理解していないのかしら）

「……そのようなことはなりませんわ、乳母は片時も離れず、お仕えする臣下です。おそばを離れている間に恐れ多くも御子さまを飢えさせるわけには」

「大丈夫よ。私も自分の乳をあげるもの。だからあなたの役割はあくまで補助」

更にとんでもないことを言い出したカシャ妃に、ジョハンナは絶句した。上流階級の女性は自分で乳をやるような、下々のようなことはしない。なんのために乳母を雇うのか彼女は理解しているのだろうか。

カシャ妃はそんなジョハンナの様子を見て、今度は上機嫌にたたみ掛ける。

「ペトラ人から乳母を探すことも考えたけれど、この王宮で一番動きやすいのはあなたのような古参貴族のお嬢さんでしょう」

元より、雇ってもらえるのならこの先の情勢がどうあろうと、ジョハンナや夫や親族はこのペトラ人の妃に賭けるつもりでいる。

ジョハンナは彼女の希望に添わなければならない。生母の希望に添い、気に入られてその子女にお仕えし、使用人として盤石な地位を手に入れるのだ。

「シュルデ夫人？　私は、なるべくしがらみのない立場の人に乳母になってほしいの。何があっても、この子の味方になるような愛情深い人がいい。だからね、情が深くて家族を大切にするあなたは理想だわ」

「そう、おっしゃっていただけて、光栄ではございますが、」

わかってはいたが、この王宮にとって異邦人の妃に、近しく関わる立場に立つということの難しさを痛感せずにはいられない。

「そう。良い乳母に出会えて嬉しいわ」

そう言う彼女のほうこそ既に、まだ産まれてもいない我が子を守らんとする愛情深い母の顔をしていた。

*

「やっぱり思った通り。彼女がいいわ、彼女にしましょう」

ジョハンナ・シュルデを帰した後の部屋で、ベルタはご機嫌だった。

お茶のおかわりを要求し、人と会うためにまとめて整えていた髪をさっさとほどく。細い体を重たそうに長椅子に沈め、自然と丸まる背中は膨らみ始めた腹を抱えて縮む。

その動作は否が応にも、彼女が妊婦であることを印象付けるものだったが、表情自体はそばの者たちはよく知るいつものたくらみ顔だった。

同室に控えていた侍女たちはもちろん、乳母候補が半ば呆然とした様子で帰って行ったのを見ている。

十八歳の、まだ若いというよりいっそいたいけな若夫人が、主人にいいように振り回される将来が容易に想像できた。

「ジョハンナ・シュルデ。落ちぶれかけた子爵階級の出身で、経済的困窮を背景に出仕を志望。シュルデ家や彼女の生家が目立った派閥に属していないのは確認済です」

「伝統的貴族の家柄で、旧国教のプロスペロ教を信仰しておりますが、特に信仰心に厚いというわけでもなさそうです。姫さまの第二妃というお立場に強い忌避感もないようでしたし」

「気になるのはやはり十代という若さですが、ご本人の資質としては問題ないでしょう。早々にこちらに抱き込めば、派閥間の良い緩衝役になってくれるかと」

乳母候補を品定めしていたのは、ジョハンナの目の前に座っていたベルタだけではない。ベルタは自身の侍女たちや使える限りの人脈を使って、乳母候補の身上を細かく調べさせていた。

「なるべく弱みがあって、なるべく身内への情に厚くて、柔軟で、こちらが望めばなんでもしてくれそうな人がいい。できれば若くて金髪碧眼の可愛らしい子で」

「はじめに聞かされた時はどこの人買いの条件かと思いましたけれど」

ベルタは何も、個人的な趣味嗜好で条件を提示したのではない。

「ジョハンナ・シュルデは理想だわ。見た？　あの色素の薄そうな眼、この王宮では一番目立たないくすんだ金髪。特徴のない整った顔立ち。どこを取っても没個性、素晴らしい下級貴族の令嬢じゃない」

本人が聞いたらさぞ心外だろうが、もちろん心から褒めている。

王宮内で自由に立ち回るには、ベルタ本人はもちろんペトラ人の侍女たちでは、いささか目立ち過ぎた。自分の宮に引きこもっていられるのならまだしも、この先もずっと浮いたままでは不便を強いられることになる。

どの道、腹の子が無事に産まれれば否（いや）でも使用人は増員されるのだ。これを機に、こちらに付きそうな古参貴族の切り崩しを図るのは当然の流れと言えた。

もちろん盤石な体制を整えるには、出産までの期間はあまりに短すぎる。その中でもせめて乳母や、産まれる子に近しく仕える高位の女官くらいは納得できる人選をしたいと、身重の体に無理を押してあれこれと手を回しているところだ。

「何より、彼女なら正妃や女官長も横槍（よこやり）を入れてこないでしょう」

国王の子女の乳母役としてあまりに無難。無難すぎて誰も難癖を付けてこられないだろう。それこそベルタが狙うところだ。

ただでさえ王室の異端児として産まれてくる我が子だ。この子が半分ペトラ人である事実は変えようもない。

だが環境は均すことができる。浮きっぱなしの第二妃の子として対立の牙を剝いて育てるのでなく、部分的にでも王室のあり方の文脈を受け入れていくのが良いだろう。すべて、この子の困難が少しでも減るように。

「それにしても、十八にして安産で二人も産んでるって早熟じゃない？　ジョハンナを愛人として陛下にあてがっておけば色々と解決したような気がするけれど。そうすれば陛下の最初の御子が黒髪で産まれる心配もなかったはずよね」

ベルタは面会が良い結果に終わった充足感と、身内の侍女しか聞いていない気楽さから、益体もないことを口に出す。

徐々に後宮の有閑な暮らしに馴染んできている侍女たちもそれに付き合った。閉鎖空間にいると噂話に花が咲く。

「十五歳で嫁がせたということは、両親が後宮に入れるのを避けたかったのでしょう。野心を持つには彼女の生家では位が低すぎますし」

「あら、シュルデ子爵が情熱的に求婚したのではないですか？　調査資料にも子爵は大層な愛妻家だとありましたよ」

「そうでしょう、仲睦まじい夫婦でなければ子宝には恵まれませんわ」

自分の主人の夫婦仲は完全に棚に上げて下世話にはしゃぐ侍女たちに、ベルタだけは若干首を傾げる。

この宮の侍女たちですら一般論のようにその言説を持ち出すのならば、一部でベルタが国王の寵妃のように噂され始めているのも無理からぬことかもしれない。

（仲の良さだけでも、子は産まれない）

たとえば、陛下と比翼連理に寄り添う正妃は。

たとえばベルタの生母は。母もなかなか二人目の子を授かれず、カシャ一族の嫡男の誕生はベルタが産まれた十数年後のことだった。

歳の離れた弟が産まれた時に、安堵に泣いた母の顔をベルタはよく覚えている。

「あるべきところに恵まれないというのもよくある話よ」

暇な暮らしに倦んで、後宮の歪んだ価値観に染まるのは早い。ましてや「こちら側」、妬まれる側はどうしたって世間の風潮に煽られやすいのだ。


慣習により妃の懐妊や出産の時期は公には伏せられていたが、出産予定日を間近に控えた王宮は、嵐の前の静けさとでも言うべき静寂に包まれていた。

王宮に仕える者でベルタ・カシャの懐妊を知らぬ者はいない。腹が目立つようになってからほとんど公の場に姿を見せなくなった第二妃だが、その不在の存在感は際立っていた。

ついに直系の王子か王女が誕生するかと期待する者。

辺境の民の血統が王室を蝕むと嫌悪する者。

反応は様々な中で、ついに月は満ちた。


表の王宮の人間が異変に気がついたのは、常とは違う国王ハロルドの行動がきっかけだった。

「陛下が後宮から出ておいでにならない？」

彼らの国王は勤勉で優秀な名君だ。いくら一部で色好みの悪名を上げていようと、彼が執務の時間を怠ったことはなかった。

これが異常なことだと気がつくと同時に、誰かが言った。

「カシャ妃が産気づかれているのでは……」

「まさか。もうそんな頃合いか？」

「陛下が付き添われているのか？　ご出産に？」

「後宮の様子は！　女官はつかまらないのか」

にわかに表がざわつき出すのも無理はなく、ハロルドはそれまで、カシャ妃とその腹の子への対応に関してなんら旗色を鮮明にしていなかった。

水面下での対立深まる王宮で、国王自身が外朝の派閥争いまで助長するような態度を取れなかったというのが大きいのだが、貴族連中はどちらかと言えばハロルドのその態度を楽観していた。

王統の盟主たる国王にとって、余計な血の混じった子などはものの数には入らないだろう。

第二妃という名の側女の子だ。産まれたところで庶子のようなもので、やがて嫡出の御子が誕生すれば、臣籍に下される。

そう固く信じていた者たちにとって、カシャ妃の出産に張り付くハロルドの行動はまさに寝耳に水だった。

「王子にございます！　王子誕生！　男の子でございました！」

一昼夜のち、後宮から表の王宮に第一報が出された。

そして産まれた赤子の健康状態が良好なこともあり、王家は出生から数日という異例の早さで、国内外に向けて正式に王子誕生を公表した。

王都の街中に祝福の鐘の音が、数日間鳴り響いた。

これまで一人も子が育たなかった国王の、待ちに待った慶事だけに、国民や諸外国の関心も膨れ上がっていたためだ。

「まさか、世継ぎの誕生だとでも言いたいのか……」

空前の祝賀ムードに気圧（けお）されて、保守派の貴族たちは初動で大きく出遅れた。

「……っつ、……かれた、あー」

清潔に清められた塵（ちり）一つない室内。宮廷医師や、カシャから送られた幼少期からの主治医や、その他考えつく限りの人事を尽くされた環境下でベルタは出産を迎えた。

生家にいる時、何度か弟妹が産まれる出産に立ち会ったことがあった。地獄のように苦しむことになるのは覚悟していたが、まさか自分の出産がこれほど大仰なものになるとは当時想像もしていなかった。

まるでベルタを九死に一生の戦場へ送り込むかのような悲壮感と覚悟に満ちた医者たちの態度。

ベルタは思わず笑ってしまいそうになったが、あまりに場の空気にそぐわないので懸命に耐えた。ここで笑ったらカシャ妃は出産でおかしくなったと噂にされそうだ。

それに、本当に笑い事ではないのだ。

国王の実子の命がかかっているというのはそういうことだ。戦争に負けても国は滅びないが、跡取りがいなければ簡単に滅ぶ。

ここで万が一にも胎児を死なせたら現王室が終わるというくらいの危機感を医者たちが

持っていたのも無理はない。

「おめでとうございます、妃殿下」

「初産でこれほど安産とは素晴らしい」

安産？　知るか、これほど苦しんだのに。

疲れすぎて謎の高揚状態になり、その後内心でやさぐれ始めたベルタだったが、布に包まれた我が子を侍女たちに支えられながら抱かされた時、それまでの一昼夜の記憶など吹き飛んだ。

腕の中の子は、猿みたいにしわしわだったし、まだ肌の色もとても人とは思えない赤黒さだった。おかしな形に半開きになった口に、線が一本引かれているだけのような瞼。それでも。

「……………かわいい」

元気すぎるくらいの産声は聞こえていたが、腕に抱くまで無事に出産を終えたという実感はなかった。

医師たちや老女官たちが感極まって涙ぐむ姿が見える。ベルタの侍女たちはみんな誇らしげな笑顔だった。

「かわいい子ね」

可愛いに決まっている。

自分の子だ。

ベルタは体を少し揺らし、腕の中の子をあやしてみるが、小さすぎる彼から何か目立った反応は返ってこない。だがそれでも構わなかった。ずっとこうして見ていられる。

王子誕生に浮き立つ外界とは隔絶された場所で、この日ベルタは穏やかに初めての母子の時間を過ごした。

「陛下がお部屋の外にいらっしゃいます。お入れしてもよろしゅうございますか？」

女官に聞かれてベルタはぎょっとする。

「陛下が？　いつからいらっしゃるの？　え、産室に？」

普通、男性はいくら父親とはいえ、お産の場には入らない。後宮では慣習が違うのかと思って老女官たちの顔色を見るが、彼女たちもそれはハロルドの暴挙だと思っているようだ。

それに、知らせを聞いて走ったにしては来るのが早すぎる。

「陛下は昨日妃殿下と面会なさってからずっとこの宮にいらっしゃいます」

面会？　と思い返してみるが、そう言えば産気づいて慌ただしかった頃に誰かと何か話したような気もする。陣痛の合間に何か言われたところで気もそぞろなので覚えていない。

常に臣下の礼をとり続け、一歩引いて夫に気を遣い続けてきたベルタは、如何に自分が異常な精神状態で出産を迎えていたのかを自覚する。

実際、女官や医者たちも国王陛下の相手どころではなかった。この特殊な戦場では如何に陛下とて、医療知識のない男は役に立たない。

「ええと。ええ、いいけれど」

もう少し待ってくれれば誰かが御前に連れていくだろうに。そう思いつつ、ベルタは了承し、王子を腕に抱いた産後の身なりのままハロルドと対面した。

彼はとても静かに部屋に入ってきて、おそるおそる周囲を見渡した。その視線が一点に止まるのに時間はかからなかった。

その大きな碧い目が、ベルタの腕の中をじっと見つめる。

まだ目も開いていない赤子。この子の目の色は何色だろう。父親と同じ形質を受け継いでいるだろうか。

「お抱きになりますか」

ベルタは気を遣ってそう聞いたが、ハロルドは即座に固辞した。

「いい、壊しそうで怖い」

至極真面目にそう言ったハロルドの言葉に、古参の老女官が微苦笑を漏らす。

「陛下、それでは頭を撫でてらしてはいかがです？」

「そっと、そっとですわよ。力を入れすぎてはなりません」

老女官たちにからかわれながら、それに気がつく余裕もないらしいくらい緊張したハロルドは、そっと指を伸ばして真綿でもつつくように赤子の頬に触れた。

「カシャ妃」

「はい」

それと同じ表情をベルタは見たことがあった。ベルタの母が、長い苦悩の末に弟を産んだ時にした顔と全く同じだった。

「ありがとう」

彼の苦しみの深さを覗（のぞ）いた心地がした。


早産や死産ばかりを経験していた王宮に、小さな雷鳴のような産声を響かせたその子は、ルイと名付けられた。

直系の王位継承権を持つはじめての男児。そして同時に、もちろんベルタにとっては最初の子だ。

二つの要素はこれからベルタの人生に大きな影響を及ぼすことになるだろうが、ただ、一人の母となったありきたりな幸せを抱きしめて、ベルタと彼の日々は始まった。

生家からの侍女たちは従来の職務の延長線として、二人に増えた宮の主人に仕えてくれる。彼女たちにとってベルタは、たとえ母になろうとも「わたくしたちの姫さま」だ。

一方で、乳母ジョハンナを筆頭に出産を機に増員された女官たちは、当然ながら国王陛下の唯一の王子という存在をこれでもかと意識していて、非常に勤務意欲が高く謙虚だった。

彼女たちはベルタと息子の日常を、まるで貴重な珍獣の母子を世話する飼育係のように神妙に見守ってくれる。

「おめめの色が陛下と同じでいらっしゃいますね」

「もうこんなに凜々(りり)しいお顔立ちなのだもの、将来が楽しみね」

ベルタの宮の人間は皆、早くもルイに夢中になっていた。

「黒髪の貴公子もきっと素敵だわ」

「気が早いのね」

「ああ、わたくしも乳母になってジョハンナさんみたいに一日中お世話したかった」

ベルタの体は出産から順調に回復の兆しを見せていたが、まだ産褥(さんじょく)から抜け切らず、医者からも安静を言い渡されている。

この時期を大切にしなければ次の懐妊にも差し障る、と助言されて、ベルタは苦笑してしまった。医者たちはすっかりこの腹に期待をかけているらしい。

彼らには悪いが、期待には応(こた)えられないなあ、と特に感慨もなく思う。

「ルイ。るーい……」

風通しの良い部屋の、クッションを敷き詰められた長椅子の上で、このごろベルタは一日中うとうとするかルイをあやして過ごしている。

王子さまは現在お昼寝中なので、ベルタはそっと小声で名を囁(ささや)きながらゆりかごの縁に手を添えた。室内は春の陽が射して暖かだった。

産まれた直後よりも人に近づいた小さな生き物は、まだこちらの世界には順応しきれていないらしい。一日の大半を寝て過ごし、突然些細(ささい)な不具合にあたって泣いてみせては、糸が切れたようにぷつりとまた眠る。

愛(いと)しい我が子との時間は穏やかで、そして少し切ない。

この子が、ルイがもし、王族の子などでなければと考えずにはいられないからだ。

女官たちも眠りを妨げないように下がっていった。乳母のジョハンナあたりは隣室にいるだろうから、異変があれば来るだろう。このままベルタも眠ってしまおうか。

そう思って目をつぶるけれど、思ったように眠気は訪れなかった。

産まれて数日、ルイの目の色がわかった時に、この子は本当に陛下の子なのだと不思議な気持ちを味わった。

夫と、自らの間にできた子。

あの時のことを思い出すと、ベルタはいつも少し気分が落ち込んだ。

政略としての婚姻であり、義務でしかない訪いだった。

充分に理解していたし、自分の役目を納得して嫁いだ。

けれど、そうだと頭ではわかっていても、ベルタに娘らしい感傷が残っていたとして、誰がそれを責められようか。

こちらがすべてを差し出してもなんとも思わないような相手と寝るのは、それなりに苦しい。

本当は、自分はもっと上手に割り切れると思っていた。だからベルタは、失望してしまった己の情動にすら矜持を傷付けられて食傷気味だ。

身の程を知らぬ期待をしていたわけではない。

いや、それも違うのかもしれない。妻として愛してほしいとか、寵妃に取って代わりたいだとか、そういうふうには思わない。ただ、ベルタのことも彼の人生に関わる一人の、意思のある人間として認めて扱ってほしかった。

夫にとって自分は、カシャの血が流れる妃という駒だ。

そういう役目の入れ物だから、機械仕掛けの人形のように、必要な時に必要な動きを過不足なくしてみせる。だから彼が気にするのは、その動きが王家にとって有益か害悪かという次元の話だけでいい。

一国の王としては正しい答えかもしれない。けれどそこに夫として、家族としての顔はない。

（ここに来る前の私は、あまりに浅慮だった）

父のもとで生家カシャのために働くことと、王家に入って陛下に仕えることとの区別もろくについていなかった。そう変わらないとすら思っていたかもしれない。そしてベルタは己を過信して、うまくやっていけるつもりでいた。

娘として無条件に与えられた愛情の中で、知らずと享受していたものが何だったのか。離れてからようやく気がついたベルタは、けれどもう、ただのあの家の娘に戻ることはできない。

目をつぶれば容易に思い出せる故郷の景色は、色褪せた灰色の王宮とは何もかもが違う。ベルタはただ生家が恋しかった。

＊

実はジョハンナはまだあまり、ペトラ人の侍女たちの見分けがついていない。

みんな一様に特徴のない服装で、似たような髪型に髪を引っ詰め、表情はあまり動かさない。異様に主人への忠誠心が高く、まるで軍隊の兵士が上官に従うかのような態度でカシャ妃に傅いている。

不慣れなうちは接し方に迷ったが、すぐに慣れた。なぜなら彼女たちの行動原理は単純明快だ。すべてはカシャ妃のため。

「ジョハンナさん。ベルタさまが起きておられる時は、なるべくおそばに王子をお連れして。ベルタさまはその方が落ち着かれるようだから」

侍女のその言葉にジョハンナも頷いた。

彼女たちの主人、そしてジョハンナの新しい雇用主である妃殿下は、最近少し気鬱の症状が見られるようだ。妊産婦には珍しくないこととはいえ、侍女たちが殊更慎重になるのも無理はない。

「ええ。無理もありません、……ああいうことがあった後ですから」

ジョハンナ自身も侍女たちと同じ気持ちだった。

カシャ妃の気鬱の原因が何であるのか、この宮の人間はみんな心当たりがあった。

ことの発端は少し前に遡る――。

無事の出産を終えて以来、この宮は明るい雰囲気に包まれていた。

カシャ妃の体調は心配されるものの、医師の診断でも回復基調にあることはわかっており、本人も周囲も深刻ではなかった。

妃殿下とルイ王子を中心に、増えた女官たちにとっては新しい環境で生活が始まって一ヶ月あまり、国家の一大慶事がようやく、近しい者たちにとっては日常に変わりつつある頃だった。

突然、それまでなんの行動も起こしてこなかった正妃マルグリットが、カシャ妃に接触してきたのだ。

代理の女官の話は長ったらしかったが、要約すると、王子が産まれた以上正妃が育ててやるから渡せ、ということらしかった。

「国王陛下のご長男なのだから、妻たるマルグリットさまが育てるのは当然のこと。これはマルグリットさまの正妃としての義務にございます」

さすがのカシャ妃も、正妃付きの女官が持ってきた伝言には二の句が継げなかったようだが、それはジョハンナたち新人女官にとっても同様だった。

正妃はこれまで、少なくとも対外的にはなんの行動も起こしていない。

それはつまり、正妃の周囲には子供を育てる環境は全く整えられていないということだ。だってジョハンナは知っている。カシャ妃懐妊の噂を聞き付けて早々に、乳母として出仕するため熱心に動いた彼女だ。カシャ妃は出産の前から人員や、子供のための部屋の支度や、産着や襁褓（むつき）に至るまで、子育ての準備に心を砕いていたというのに。

正妃は乳母を募集していなかったし、正妃の周囲の女官たちにもそういう発想すらなかったことは明らかだ。

だからジョハンナにしてみれば、正妃さまはいきなり何を言い出したのかしら、という感覚だった。

正妃の人となりを、下級貴族に過ぎないジョハンナはほとんど知らない。正妃は正妃で、ただ夫の子を嫡母として養育したいだけかもしれないが、少なくとも彼女の周囲の人間がルイ王子を正統な王位継承者として扱うとは思えない。

正妃マルグリットは今や、伝統的な血統至上主義に固執する貴族たちの神輿となっている。

大陸屈指の名門一族の娘で、王よりも血の濃い王妃マルグリット。

対してカシャ妃は、貴族社会で尊いとされる出自とは程遠く、カシャ一族は仕官もしていないため形式的には地方豪族の娘に過ぎない。

位では勝負にもならない。もちろんカシャ妃はそれをよくわかっていて、表立った対立は避けて来たようだが、こればかりはこちらが妥協するわけもない。

不毛な正妃一派との応酬がしばらく続き、宮の誰もが嫌気がさしてきた頃、事態を更に悪化させたのは、他でもない国王陛下その人だった。

「なぜ正妃にルイを渡さないんだ？　私を産んだ母は、私を父上の嫡子とするために母上の手に委ねたと聞いている。そなたも血を分けた子が王子としてしかるべき立場に置かれるほうが嬉しいのではないか？」

　これまでカシャ妃はこの後宮で、特に陛下の前では常に控えめで従順な態度を貫いていた。

「陛下はなぜ、王太后さまとご生母さまとの関係が、現在の私たちの関係と大きく異なっていることにお気づきにならないのですか？」

　その彼女が、なりふり構わず声を張り上げる姿を初めて見せた。

「仮に、仮に私が正妃さまに信頼された侍女であったなら、正妃さまに子を差し出すかもしれません。ルイが、陛下のように白い肌、透ける瞳の、王族としての特質しか受け継いでいないような御子ならば、きっとこの子は私の手元でなくとも可愛がられたでしょう」

　カシャ妃はジョハンナの手からルイ王子を取り上げて、守るようにきつく抱きしめた。

「この子をご覧になりませ。黒い髪に、顔立ちも一目で内陸の貴族と違うとわかります。はっきりペトラ人の血が混ざってしまった王子です。私が盾とならなければ、この子がこの王宮でどんな目に遭わされながら育つことか……。されど、この子に血筋を責められる謂れはありません」

「それは、わかっている」

　カシャ妃のあまりの勢いに陛下は視線をそらしたが、彼女は関係ないとばかりにたたみ掛けた。

「陛下の第一王子がペトラ人の子である原因は、陛下が私を妃として娶ったためです。陛下はその事実から目をお逸らしになり、貴族たちに蔑まれながら育つ王子にすべてを贖わせるのですか」

国家の最高権力者である夫にここまでの口を利くカシャ妃を、咎め立てする者は少なくともこの宮にはいなかった。

「そなたはマルグリットのことがそこまで信じられないのか?」

この何もわかっちゃいない国王さまに、もっと言ってやれとさえジョハンナは思った。カシャ妃の侍女たちもそれこそもっと憤りは深かっただろうが、侍女たちはむしろカシャ妃の体調や精神状態を心配して青くなっていた。

「たとえ正妃さまが聖女の如きお方でも、ルイは正妃さまにとって異人種の子に過ぎません。きっと、きっと可愛がってくださいます。この子に流れる汚れた血を哀れがり、可哀想がって慈しんでくださいますわ」

「そなたは、……いや、いい」

結局、陛下は何も明言せずに帰って行った。

その後陛下から、少なくとも正妃に王子を渡すようにという直接的な命令が下されることはなかったので、カシャ妃の精一杯の抵抗は最低限功を奏したのかもしれない。

けれど許せないのは、この一件のせいでカシャ妃は産後の体に鞭を打つように無理を押してあれこれと、正妃一派に対する対抗策を練らなければならなくなったことだ。

実際に動き回ることは彼女の侍女たちが縋り付いて止めさせたが、カシャ妃は遅くまで悩みながら青い顔で筆をとったり、思案にくれて眠りが遠のいたりと負担を強いられていた。

まだ二十歳そこそこの、若い母となったばかりのカシャ妃に対するこの仕打ち。

ここにいるのがジョハンナでなくとも、誰もが彼女に同情して憤ったことだろう。

3

王都は、カシャ一族の勢力圏と比較して北方に位置している。その位置関係に比例して、王都の気候は南部に比べ平均的に涼しい。

大陸南部出身であるベルタは、当然ながら暑さには強く、寒さには弱かった。

懐妊中に王都での初めての冬を越したベルタだったが、その凍てつくような気温にも、庭に降り積もる雪の層にも驚いたものだった。宮の使用人たちもベルタが慣れない気候で弱らないよう苦心した。

一方で、彼女が出産産後を過ごした時期は、寒さの緩む春先から夏の時期だった。これはベルタにとってはとても幸運なことだったかもしれない。

産褥で臥せりがちだったベルタだが、その寝床はぽかぽかとした優しい陽気に包まれ、体力を少しずつ回復させた。そして体調の回復と同調するように彼女はめきめきと元気を取り戻した。

「姫さま、起き上がれるようになったからと言ってすぐにご無理は禁物です」

心の疲れは体の不調から。

妊娠出産という人生最大の身体的負担を受けた今回のベルタは完全にこれだった。逆もまたしかりであり、体の不調も心の疲れから。体調の回復が遅々としてしまったのもその負の連鎖によるものだっただろう。けれどともかく、季節が一つ変わり、王都の短い夏が終わる頃には、彼女は憑き物が落ちたように平常心を取り戻していた。

一つ悩みがあるとすれば、弱っていた時期に心配をかけすぎたせいで、周囲の者たちがベルタにとても過保護になってしまったことだ。これは体調が回復した後もなかなか戻らなかった。

「起き上がるお許しをあなた達からもらったのは三日も前だし、いい加減安静にしているのも飽きたわ。医者だってもう本復してるって太鼓判を押してるのに」

「姫さまは平気そうに見えていきなり夜中にお熱を出されるではありませんか」

「私が五歳くらいの頃の話ね」

弱りきって心細かった時、ベルタは自分が周囲からどう見られているか気遣っている余裕がなかった。

優しくされるまま寄りかかっていたのだが、こうして正気に返ってみれば、どうにも甘やかされすぎていた気がして周囲の優しさに後から恥ずかしくなる。

「王太后さまにお見舞いのお礼をしなくちゃ。こちらからお訪ねして良いか手紙を書いてくれる？」

しかもベルタが気づいていないうちにいつの間にか、新しく増員された女官たちまでやたらめったらベルタに甘くなっている。

「妃殿下。王太后さまにこちらにお運びいただくのはいかがでしょう。王太后さまはルイ王子にも会いたがっておられるようですし。ルイ王子はまだお外にはお出になれないので、王子が理由ならばこちらにお呼び立てすることも非礼には当たらないかと存じます」

ジョハンナのその提案に、他の新人女官たちも乗り気の様子だ。

カシャの侍女たちの過保護さはまだわかる。彼女たちはベルタが幼くて病弱だった頃のことから知っているし、この王宮では運命共同体のようなものであるし。

だが、本来的には古参貴族の派閥からあぶれかけていた者たちの寄せ集め集団である新人女官が、なぜ数ヶ月でここまで団結を深めているのか。

――おいたわしいカシャ妃。

――王家に男児をもたらした得難い功績に対して、国王陛下のこの仕打ち。

――ましてあの正妃がペトラ人の王子を育てられるとは思えない。

ベルタが国王に失望したように、ベルタの周囲の者たちもまた彼女を取り巻く環境の理不尽に憤っていた。みんなベルタに同情的になっていることを、本人だけはあまり自覚していない。

あの国王との応酬の直後、ベルタはなりふり構っていられず、迷わず生家の父に手紙を書いた。

婚家での問題で安易に実家を頼るべきではないという考えはあったが、今回ばかりは手段を選んではいられなかった。

正妃に息子を奪われてしまいそうな現状を伝え、王宮内で母子一緒に静かに暮らしていけるよう力を添えてほしいと切々と訴えた。

外戚（がいせき）になる野心などさらさらなかった父。王子誕生を内心では苦々しく思っているだろう父が、力を貸してくれるかどうかわからなかった。

ベルタの頼みごとこそまさに、王子の外戚としてカシャが王室に介入することに他ならない。

訴えたところで黙殺されてしまう可能性もあると思っていたが、手紙を読んだ父は極めて迅速に動いてくれた。可愛い娘の頼みごとなら仕方ないと言って。

カシャ一族がいつまでも無条件でベルタの味方であるという、父の言葉を完全に信じられるわけではなかったが、こうして頼ってしまう甘えを許してくれる存在は今も彼女の支えだった。

結局、どうしてそうなったのか詳細は知らないが、父が動いたことで王太后がこちら側についた。

「王太后さまからご返答をいただきました。喜んでお招きをお受けすると」

本当にどうしてそうなったのかわからない。王太后とベルタは、第二妃としての輿入れの際に対面して以来当然のように没交渉だった。

順当に考えれば王太后は正妃の肩を持つはずのお方だ。王太后自身、最高身分の貴族の出自であって、数代も遡れば正妃マルグリットとも血縁関係のあるような血筋の人だった。

父からの手紙で王太后がおまえの後ろ盾になる、と書かれていた時は正直半信半疑だった。

けれど実際、王太后はこの宮まで足を運んでくれて、半病人のように臥せって生活していたベルタを見舞った。王太后が足労して第二妃を見舞ったという話はすぐに広まったらしく、それ以来ベルタを煩わせる正妃の派閥からの横槍は止んだ。

何より、王太后が動いてくれたことで、他でもない国王陛下の一存で王子を取り上げられるような事態にはなりづらくなった。そのことはベルタを何より安心させた。

「そう。美味しいお茶を用意してね。王太后さまのお好みもあちらの女官に聞いておいて」

突如予期せぬ形で始まった王太后との交流ではあるが、ベルタは立場としても個人的な感情としても王太后のことを歓迎している。

個人的に会話をしたのは前回見舞いに来てくれた時が初めてだったが、王太后は高貴な身分の人間では数少ない、ベルタへの対応が穏やかな人だった。

＊

「カシャ妃。本日はお招きありがとう。ご本復されて何よりだわ」

ベルタは宮の前まで出て、王太后を手厚く出迎えた。

「ようこそいらっしゃいました。王太后さま」

王太后は普段からそうであるように、喪服に近い暗い色のドレスを身にまとっていた。前王が亡くなってからはずっとそうだと噂を聞いたことがあった。

「お心遣いに感謝いたしますよ。あなたの大切な王子さまにお会いできるなんて光栄よ」

「ええ、ルイは室内でお待ちしております。抱いてあやしてやってください」

それでも、亡き夫の喪に服すという意志を貫きながらも、彼女は生来的に明るい人柄らしい。彼女より随分と高い位置にあるベルタの顔を見上げ、王太后は穏やかに微笑んだ。

細く柔らかそうな白髪交じりの金髪は、老齢の彼女を年相応に見せ、けれど可愛らしい印象にさせている。義理の母というよりは、年齢差を考えればベルタにとって祖母のような世代の方だ。

生家ではベルタは嫡女として親族に大切にされ、特に年配者には蝶よ花よと育てられた。年配者に弱い自覚があるベルタにとって、王太后と政局的に対立しなくて済んだことは幸いだ。

侍女たちが茶会の支度をして待機しているが、今日の主役はやはり彼だった。

寝台に寝かせておくと泣く可能性もあったので、ルイは彼の体の大きさに合わせたバスケットの中に寝かされて、長椅子に座った乳母がバスケットごと抱えてあやしていた。

「まあ！　あらあら、なんてお可愛らしいこと」

王太后は室内に入るなりルイに気がつき、そわそわと長椅子に近づいて小さな歓声を上げた。

いつも思うが、この王宮の人々は乳幼児相手にちょっと慎重すぎる。

まるで飼育歴のない貴重な動物の赤子を保護しているかのような態度だ。ベルタ自身はもっと大らかでも良いと感じるが、それはこの王宮では粗野な意見と取られるだろう。

一方で、彼らの態度の背景にある事情を考えると、きっと赤子に慣れていないことだけが原因ではない。王室では子が産まれたとしてもその多くが夭折し、成人までは育たない。ルイの半身に流れる血はそういう血だ。

「抱っこしてあげてください。最近やっと首も据わりましたから、安定しておりますわ」

「そ、そう？　いいのかしら」

王太后は遠慮がちな様子を見せつつも、思い切り期待している顔をした。

「こちらの椅子にお掛けになってください」

す。

ベルタは彼女を長椅子に座らせると、手ずからルイを抱き上げて、王太后の腕の中に移
ベルタのやりように最初は戸惑っていたようだったが、当然彼女も赤子に接したことはあるはずで、抱き方もあやし方も心得ていた。

ルイはぐずらずお利口なまま、祖母君との初対面を円滑に終えた。

王太后は、侍女たちが苦心して整えた茶席にも満足してくれたようで、特にカシャから取り寄せた南方の茶葉で淹れた茶を気に入ったようだった。

「お気に召していただけて何よりです」

茶会の後で王太后の宮に送らせよう、とベルタは考えて侍女に目配せする。目が合うまでもなく心得ている様子で侍女が視界の端で目礼した。

社交辞令の誉め言葉かもしれないが、こういう場合は好意を行動で示しておいた方が無難だ。ベルタはそのように育てられたので商人の娘のような社交しか心得ていない。

「それにしても、カシャ妃は少しお痩せになりました？」

指摘されてベルタは多少ばつが悪い思いをする。王太后が言うのは当然、妊婦だった時と比べてというのではなく、妊娠以前の後宮に来た当初と比べての話だ。

「はい。お恥ずかしい話ながら、私も侍女たちも体重がここまで落ちていることに気がついておりませんでした」

王太后がベルタの体型の変化に気がつくのは、今日のドレスのサイズが合っていないからだ。産後はほとんど寝間着か部屋着で過ごしていたため、そして周囲の者たちもベルタの妊婦姿を見慣れて普段の体型が記憶から薄れていたために、ベルタが以前よりも痩せてしまっていることに気がつかなかった。

今回王太后の訪問に合わせてよそ行きのドレスを着た時に、腰回りが余ってスカスカになってみんなで慌てた。その上乳が張って胸まわりはきついので、妊娠前のドレスでは余計に不格好になってしまう。

「体調はほんとうにもうよろしいの？　無理をなさってはいけないわ」

ベルタは整っていない身なりで人前に出る不調法を気にしたが、王太后が気になっているのはベルタの産後の体調のようだ。

「ええ、体調はもう良いのですが。どうも産後に痩せてしまう体質だったようです」

「それは、そなたたちも心配でしょう」

王太后は視線を少しずらして、ベルタのすぐ後ろに控える側近の侍女に話しかけた。こうした場で貴人が直接相手の使用人に話しかけることはあまりない。そうした態度を取るとすれば、身内同士の席や相当に親しい間柄でのことだ。

形式としてはベルタと王太后は嫁と姑（しゅうとめ）であるので、間違った作法ではないものの、侍女は少し動揺を見せた。

「はい。わたくしどもはいつもベルタさまを太らせようと努力しておりますが、普段からあまり努力が実っていないので産後痩せについても頭を悩ませておりますわ」

言う必要のないことまで答えた侍女だが、相変わらず王太后はこちらの非礼を気にした様子がない。

「そう、お食事を召し上がらないわけではないのでしょう？　後で私の宮からも滋養のつくものを届けさせるわ。年寄りの住まいにはそうした差し入れが多いのよ」

「ありがとう存じます」

「王太后さま、お心遣いいただき感謝いたします」

侍女は本当に嬉しそうに頭を下げ、ベルタは多少の困惑を隠しながら失礼のないように礼を述べた。

「ルイ王子の健やかな成長のためにも、やはりまずは第一にお母上が健康でいなくては。カシャ妃が何かに気兼ねすることなくお暮らしになれるよう、私も心を砕くわ」

「何より心強いお言葉ですわ」

ありがたいのと同時に、ベルタは内心で首を傾げた。

王太后が政治的に味方になった事情が全くわからないと言ったが、それは半分本当で半分は嘘だ。ベルタは確かに、父が取った実際の手段は知らない。知らないが、状況を考えれば自ずと想像はつくというものだ。

カシャ一族は成り上がりの豪族。一方で、王太后は未亡人となられてから俗世の権力と遠ざかって久しい。

まず間違いなく、王太后の助力は金で買われたものと察せられる。

にもかかわらず彼女の今日の態度はまるで、ただ孫の誕生を喜ぶ優しいおばあさまのものだった。

＊

ハロルドは、久々に母に呼ばれて王太后宮に足を運んでいた。

「ルイ王子にお会いしましたよ。あなたの産まれた頃によく似ている気がするわ。ああでも、赤子はみな可愛らしいから、可愛らしいところが似ているだけかしら」

晩餐を共にする間中、上機嫌に孫自慢をされている。

「カシャ妃やルイに関することは全部報告させていますよ。母上が一昨日カシャ妃の宮を訪ねたことも聞いています」

「あら。そうなの。では私が王子を膝に抱かせてもらった話も聞いたかしら？　王子はまだ人見知りを覚えていないのか、おばあさまのお膝でもお利口でしたよ」

「さあ。そこまで細かい報告は」

ルイのために新しく増員された新人女官の中には、数人ハロルドの息のかかった者も紛れ込ませてあった。

王子の周囲の安全を図るためと、内部に目を光らせて余所からの間諜を防ぐためだ。

現状ではハロルドからあちらに送り込んだ間諜のようになっているが、それは別に当初意図したところではなかった。

「あなたは数ヶ月王子の顔を見に行けていないようね」

どこまで事情を把握しているのか、はしゃいでいるように見えて存外冷静な母の表情からは読み取れない。

「カシャ妃が臥せっていたので、遠慮していました」

カシャ妃の宮に入った女官からもそのように進言があった。カシャ妃の不調の原因は心労からと診断されていて、今は周囲の者がみんな神経質になっていると。

あの宮はカシャから入ったペトラ人の侍女を中心に、新人女官たちも団結を深めている。この雰囲気の中で陛下の肩を持てば浮いてしまうと報告が上がり、ハロルドは自分があちらの使用人たちにどれほど嫌われたか察した。

「そう、ではこのまま遠慮なさるのがよろしいでしょう」

母の言い方は冷ややかだったが、ハロルドはそうした対応を受けても仕方ないと知っていたので甘んじて受け入れる。

「どうしてもと言うのなら私と一緒の時に行くか、父王として王子と面会したいと正式に御前に召し出すのが良いわね。そういう場ならカシャ妃の側の反発も少ないはずだわ」

後から顧みて、あの時カシャ妃を激昂させたのはハロルドに非があったと反省した。

「カシャ妃はずいぶんと回復なさったけれど、それでもあそこまで痩せてしまって。お可哀想に」

「わかっています。もうルイを生母から取り上げようとしたりはしませんよ」

確かに息子の誕生に気を取られ、冷静さを欠いていた。

ハロルドはルイが可愛かった。

産まれるはずがないと思っていた実の息子に、盤石な体制でこの王位を譲り渡すために、これから数十年かけて打てる手は全て打っていかなくてはならない。その立場を安定させるための一手として、正妃の子として育てたほうが良いと考えたのも事実だった。

ハロルドがルイに向ける愛情に、生母が誰であるとか、彼が王室では前例のないペトラ人との子であることなどは関わりがなかった。

だが、誰でもそう感じるわけではないということに思い至らなかったのは、やはり彼が浅慮だった。

『きっと、きっと可愛がってくださいます。この子に流れる汚れた血を哀れがり、可哀想がって慈しんでくださいますわ』

カシャ妃の悲痛な叫びは、夢から覚めるようにハロルドを我に返らせた。あの瞬間、かつてのマルグリットの言葉が脳裏に唐突に浮かんだ。

『――貴方を救って差し上げたかった』

そのことをカシャ妃が知るはずもない、マルグリットが最後の死産の後に漏らした本音。マルグリットにとってハロルドやルイがどう見えているのかを理解すれば、彼女にルイを預けるように言った自分の発言がどれほど周囲の反感を買ったかは容易に想像できる。

「……母上」

「何でしょう」

「カシャ妃はほとんどマルグリットと接していないはずです。それでも彼女は、私よりよほど早くマルグリットの性状を理解しているように思える。どうしてでしょう」

母は少し呆(あき)れた顔をして、それからハロルドを宥(なだ)めるように言った。

「もちろん、カシャ妃は聡明(そうめい)なお方ですよ。年齢より大人びていらっしゃるし、すべてが敵のような王宮にあって認識すべき重大なことを間違えない、気を遣うことに慣れた敏感なお嬢さんね。……けれど、マルグリットに関してはハロルド、あなたが少々鈍すぎますよ」

母からの指摘は耳に痛いものだった。

「マルグリットはただでさえ敬虔(けいけん)なプロスペロ教徒で、そしてあの子の産まれた祖国の、この王家の親戚はみな『貴族の青い血』に誇りを持っているの。気がついているでしょう。マルグリットは育てられたように育って、その価値観はもう変わらないわ。永遠にね」

「マルグリットは九歳の時にこの国に来た。私と一緒に育ちました。彼女はとっくにこの国にいる時間のほうが長い」

言っても仕方がないことだとわかっても、言わずにはいられない。

ハロルドもまた、数年前までは妻と同じ教義を信仰していた。生涯たった一人の伴侶として、愛していくのはマルグリットだと考えていた。政局の都合で改宗したものの、考え方の根幹はなかなか変えられるものではない。

「ハロルド。……あなたは国家の盟主として現実を見て、新しい時代に漕ぎ出した。けれど、マルグリットがあなたと同じ景色を見てくれたことはある？」

「母上、それは」

「見切りをつけることもあの子を楽にすることだわ。あの子はあなたの無謀な期待には応えられない」

母が口にしようとしていることの、あまりに大それた内容にハロルドは呆然とする。

「この先一緒になってこの国を憂える、そんな伴侶があなたにとって誰であるか、」

「母上！」

ハロルドは椅子を蹴るように立ち上がった。彼の前にあった銀食器が床に落ち、耳障りな金属音を響かせる。母も、給仕の使用人も水を打ったように静まり返っている。

　ハロルドの荒い息づかいだけが残った。

「カシャからの賄賂はそれほどあなたの懐を温めましたか？」

　母が突然カシャに味方し始めた理由を、ハロルドが知らないわけがなかった。

　ある程度金が絡んでいるのは察していたが、確かにこの王宮で王子が四面楚歌になるのも困りもので、ハロルドは母が王子の後ろ盾になることを止めさせるつもりはなかった。

　しかし、この母にここまで言わせるほどの力が働いているのなら、さすがにハロルドもカシャの小細工を見逃すわけにはいかなかった。

「ハロルド。座りなさいな」

「母上、質問に答えてください」

「座りなさい」

　母は全く悪びれもせず冷静で、ハロルドには着席を促し、給仕には新しい食器を持ってくるよう目配せした。

　有無を言わせぬ様子で、座らなければ会話を続ける意思はないと無言を貫かれ、ハロルドは渋々元の席に座り直した。

「カシャからの財政援助に関してあなたから当て擦られる謂れはないわ。税収に上乗せされた南部のペトラ人地域からの寄附収入がなければ、この国の国庫だってとうの昔に痩せ細っているでしょう。その寄附を盾に取られて妃(きさき)の座を質に入れたのは、王たるあなた」

「何から何までその通りですね。けれど近隣国に対して権威を維持するためには、強大な軍事力を維持する必要があった。私はそのために身を切る思いで寄附を受け入れました。私腹を肥やすためではありません」

ハロルドの治世を、その初期から全て見ている母からの当て擦りは、彼を的確に苛立(いらだ)たせる。玉座を受け継いだ当初から既に、拭(ぬぐ)い去れないほどの暗い影が落ちる斜陽の王室で、ハロルドはできる限りの手を尽くすしかない。

もし仮に自分が、盤石な時代に完全な正統性を得て玉座に就いた王であったなら、ハロルドはこの母の言い分を毅然(きぜん)と退けられただろうか。

「喪服で余生を過ごす老婆が今更私腹を肥やして何になるというの？ 私がお金を使うのだって、四十年前に出た生家との繋(つな)がりを維持するためであったり、他国の王侯貴族と交流して情報を手に入れたりしておくためだわ。国庫の財産も使わずに私が築いた交流や情報網は、全部あなたと国家のためになっているでしょう」

母の言っていることにも色々と穴があるものの、大意では正しい気がしてしまって、ハロルドは結局いつも言い負ける。母の生家は、母の実子ではないハロルドと直接の交流は持たないし、そのあたりは彼女に頼るしかないのも単に事実だった。

だが今回は母も譲るところがあった。ハロルドが拒絶した、正妃マルグリットへの言及についてはこの日はそれ以上のことは控えたのだった。

「第一、カシャからの援助だって言うほどではありませんよ。私は実際に会ってみてカシャ妃を気に入ったの。彼女ならルイ王子を導く良い母になってくれるでしょう。経済力だけで王太后の助力が買えると思ったら大間違いだわ」

実際に買収された人間の口から出るほど説得力のない言葉だが、王太后は前王亡き後、一時期はハロルドの摂政として政局の中心にあった女傑でもある。俗世の権力から遠のいて久しいとはいえ、彼女の行動が即座に王家の害となることはそうそうないかもしれない。

「母上がカシャ妃を気に入ったことは充分によくわかりました」

食事を続ける気にもなれず、ハロルドは適当に辞去の挨拶を述べて王太后宮を去ろうと立ち上がる。

「ええ」

さっさと立ち去るハロルドの背中を、母の独り言のような小さな声が追った。

「カシャ妃は、ジェーンの命日に彼女に花を供えたもの」

ジェーン。

それはかつて彼女の侍女だった女で、ハロルドを産んで間もなく亡くなった彼の生母の名だった。

ハロルドはたまらず振り向いた。母にも第二妃の行動にも、瞬発的な嫌悪感が募る。

「不愉快です。ジェーンのことを利用されるのは」

生母の記憶を持たないハロルドにとって、ジェーンの姿は母がこっそり描かせた肖像画に見るのみだ。白磁の肌、薄幸そうな印象の儚い人だった。

王太后を母と呼んで育ったハロルドの、彼に現世の生を与えた産みの母親に対する思いは複雑で、一言では言い表せない。

幸い、王家の周囲には積極的にジェーンに言及する人間はほとんどいなかった。彼女の存在に光を当てることは、自然ハロルドの王位の正統性の疑問視に繋がりかねないからだ。

だが、母はそもそも、そんなハロルドの態度に不満さえいだいているのかもしれない。

「偽善だろうが、己の立場を補塡するための利用だろうが、何だって構わないのよ。それさえしない人々はすぐにジェーンを忘れてしまう」

母とジェーンの間に流れる歴史を、ハロルドは知らない。

そして自身の第二妃が、ハロルドですら踏み込まない、母の柔らかな禁忌に触れ、何がしかの感傷を共有しているという事実にうすら寒さを覚える。外から入り込んだ異郷の妃の目に、この王宮の何が映っているのか。

結局そのまま何も答えず、ハロルドは逃げるように母の宮を辞した。

閑話　悪役は誰か

彼と初めて会った日のことを、今でも昨日のことのように思い出せる。

マルグリットは年端も行かぬ少女の頃に祖国の親元を離れ、この国に渡った。彼、ハロルドとの婚約が成立し、将来の王太子妃となることが決まったためだった。

不安だった。

当時の国王はマルグリットの母方の伯父(おじ)であり、夫となる王太子は同い年の従兄(いとこ)だが、それでも一度も会ったことはなかった。

見知らぬ土地は怖くて、しかもマルグリットが嫁ぐことになった国は、祖国よりも戦端の近い野蛮な国だと聞かされていた。

南方の海からは異民族が攻めてきて、祖父母の時代まで戦争があった。

南方のペトラ人という民族が、王家と異民族との争いでたくさん命を落として、だから今もペトラ人は王家を恨んでいる。

マルグリットの婚約が決まってから、その婚約に反対していた母から聞かされたその国の話は、幼い心に強い恐怖を植え付けていた。

母は最後まで反対し、ハロルドのことを愛人の子と口汚く罵(ののし)り、一度も自身の甥(おい)だと認めることはなかった。

『こんなに美しく非の打ち所がない娘を、どうして兄上が愛人に産ませた庶子風情に嫁がせなければならないのです。哀れなマルグリット、非力な母を許してちょうだい』

母にもう会えないこと、祖国に帰れないこと、ついには母に見捨てられたこと。何もかも悲しくて、マルグリットは移動の馬車の中で毎日泣いていた。

ハロルドは国境付近の王家の離宮まで、お忍びでわずかな供だけを連れ、マルグリットを出迎えに訪れていた。

『君がマルグリット？　僕たちいとこなのに、あんまり似てないね』

そしてマルグリットの心境をよそに、遠出が許されたことに底抜けにはしゃいでいた。

『ねえ、僕の遊び相手になってくれるんでしょう！　君は何が好き？　木登り？　チェス？』

当時の彼はまだ髪が長く、体の線も華奢で、美少女と見紛うばかりの少年だった。似ていない、と本人は感じたようだが、おそらく周囲が見ればマルグリットと並んで姉妹のように見えたことだろう。

その年齢の子にありがちなように、出会った当時は同い年でもマルグリットのほうが発育が良かった。マルグリットには妹はいないが、まるで活発な妹に懐かれて手を引かれているような気分だった。

『……木登りはあまり。あ、でも、チェスは家庭教師に習いましたわ』

『そう？　じゃあ釣りをしようよ！　離宮の裏にある湖できれいな魚が釣れるんだって』

彼は全然人の話を聞かない子供だった。

結局、マルグリットがこの国に着いた初日は一日中ハロルドの遊びに付き合わされた。日暮れに離宮に戻る頃には肌が日焼けで赤くなってしまい、侍女には悲鳴を上げられた。ハロルドと二人で並んで怒られながら、そっと目配せをし合って明日は何をして遊ぼうかと考えた。

王宮でたった一人の王子として大事にされて育ったために、当時のハロルドは少々窮屈な思いを抱えて不満を募らせていたようだった。彼にとって婚約者の従妹が王宮にやって来るというのは、もっとも身近に遊び相手ができるという感覚らしかった。

お忍びの小旅行を楽しむハロルドに付き合ってあれこれと連れ回されているうちに、マルグリットの胸中の悲しさは徐々に薄れていった。

初めて王都に入った日、王都の民は皆、将来の王太子妃であるマルグリットを一目見ようと大通り沿いに詰めかけた。

マルグリットはハロルドと共に屋根なしの馬車に乗り換え、一番気に入りのドレスに着替えて民衆に手を振った。

『見て見て！　あの方が王太子さまのお妃さまになる姫君よ！』

『なんてお可愛らしい！』

『お二人が並ぶとまるで一対のお人形のよう。きっとお似合いのご夫婦になられるわ』

『我らがマルグリットさま！　ようこそアウスタリアへ！』

マルグリットは本国でも王女として国民の前に立ったことがあったが、未来の国家の女主人としての歓迎は完全に別格のものだった。

これほど民衆に好かれている王太子が、母が言ったように悪い人であるはずがない。マルグリットはそう確信した。

『ようこそ来られた。我が姪よ。やんちゃ坊主が道中迷惑をかけなかったか？』

伯父である国王陛下は、マルグリットのことも実の娘のように可愛がって接してくれた。

『はい。国王陛下。ハロルドさまのおかげで、楽しく過ごさせていただきました』

『それは良かった。二人は夫婦になるのだから、仲良くしていつも一緒にいると良い。ハロルドのことをよろしく頼む、マルグリット』

出会ってから六年後、マルグリットと彼は正式に婚姻を結び、生涯の伴侶となった。

幸せだった。

妹のように可愛らしかったハロルドが、だんだんと青年らしく成長し、思慮を身につけ、やがて大人の男性になる変化を誰より近くで見ていた。

彼は初めて会った日にマルグリットの手を引いたように、人生のどの段階においてもマルグリットを第一に愛した。いつでも気を引こうと努力する姿は、彼女にとっては可愛い弟のように思えた。

不器用で、王位を継ぐべき立場の重圧に時折押し潰されそうになりながらも、自らの運命を全うしようとするハロルドを愛おしく思った。彼の妻として共に歩んでいく幸せを、この先も大切にしていくと誓った。

けれど。夫婦はたった一つ決定的な不幸に見舞われた。

『……なぜ？』

マルグリットは己が果たすべき役目を果たせなかった。流産と死産を繰り返すたび、ハロルドは痛ましい顔をしてマルグリットを慰めた。

けれど彼の優しさは余計に、彼を完璧な君主にしてあげられない負い目でマルグリットを苦しめた。民に愛され、これほど国家のことを真剣に考えているハロルドの唯一の瑕疵。それは彼の血が薄いということだけだった。

マルグリットは彼に足りないものを補えるはずだった。マルグリットが産んだ彼の子ならば、次の王位にも相応しい。もう庶子というだけで近隣諸国に悪しざまに罵られることもなければ、国内の水面下での内紛もきっと落ち着くだろう。

マルグリットの感覚では、王族とは臣下や国民に信奉されるものだ。だから彼女は一部の、現地の血の混ざった野蛮な貴族たちが王やマルグリットを信奉し傅かないことが疑問でならなかった。

それはきっと、ハロルドが完璧な血統ではないせいだ。王家の血が濃く戻ればきっと、現地の民や未だ王を悩ませる辺境の民も我に返って服従するに違いない。

『なぜ？　死なせてハロルド、そうすればあなたはまた、今度は子を産める妃を娶ることができる』

『ふざけるな。お願いだマルグリット。こんなことは二度としないと誓ってくれ！　君が死んだら俺はもう二度と誰も妻に迎えない。俺の生涯の伴侶は君だけだ』

突発的にふらふらと自殺を図ったマルグリットを、彼は全身全霊で引き止めてくれた。教義からすれば、自らの命を投げ出すなどと決して許されないことだというのに。

そんなことをしたマルグリットと、ハロルドとの間にはそれ以来少し距離が空いてしまった気がしたが、それでもマルグリットは諦めなかった。

愛するハロルドに、彼女は自分の侍女を差し出した。かつて王太后が前王にそうしたように。近隣諸国に眉をひそめられる行為だが、もはや他に手段はなかった。

自分の侍女たち。北方の祖国から連れてきた、なるべくマルグリットの特徴に近い娘を選んだ。できるだけ血が薄まらない子を産んでもらって、そしてハロルドの庶子にまた、マルグリットのような純血の王族の娘を娶わせるのだ。

ハロルドは言う通りに侍女たちを抱いてくれたし、そうするようになってもマルグリットの一番近くにいてくれた。

彼は子を望めなくなったマルグリットの体を労り、触れ合うことは少なくなったが、会えばいつも優しく髪を撫でてキスをしてくれた。

けれど、マルグリットが思うよりも彼女の神は残酷だった。

彼女の侍女たちもついに一人も健康な子を産めないまま、月日だけは過ぎて、気がついたらハロルドはペトラ人の娘をそばに上げた。

それも第二妃などという二重結婚の形を取って。

マルグリットがそれを認められるはずもなかった。ハロルドがこれ以上禁忌を犯す姿を見ていられなかった。

「なぜなの、ハロルド」

産まれた黒髪の王子は、マルグリットを絶望に突き落とした。

王家の息子と認められるはずもない、そんな子になんの価値があるというの。それでもあなたの子だから愛せというの。

「ああ、可哀想に。そんな姿で産まれてしまってもハロルドの子なのね。この子の血が洗い流されるまでに、一体何代かかるのかしら」

ハロルドは、庶子として産まれた自分は決して可哀想な子ではなかったと言うけれど。
違うのよ、ハロルド。その罪はあなたの責任ではないのよ。

4

それから巡った季節は、慌ただしく過ぎていった。

ベルタ・カシャの輿入れ(こしい)から二年が経つ頃。——外朝では、国の南方への大規模視察の最終案が可決されていた。

「……ようやく調整が叶(かな)った、と言ったところです」

「カシャ妃のお輿入れがなければもっと手間取っていたでしょう」

ハロルドの側近たちは感慨深くそう言った。南部への視察は、彼らが志向する政策実現のための最初の一歩と言えた。

交易により力を付けてきた現地の民の力は、代を追うごとに増す一方だ。

南部地域に行政が介入する手筈(てはず)を整えることは、国庫を預かる実務官たちにとってはかなり優先順位の高い事項だった。しかし実際には、中央と南部は長きに渡り絶望的な没交渉を貫き続けている。

まずは知るところからだ。そう理解しているハロルドは、自らの目で南部を見て回るつもりだった。

「まあ、今回に関して言えば、カシャ妃を動かすのが適当だろうな」

ハロルドは今回の行幸に第二妃ベルタ・カシャの随行を下命した。そのため、先だって一歳の誕生日を迎えたばかりの幼い王子も生母の腕に伴われて同行することになる。

彼女たちの同行は、もちろんハロルドの個人的な都合で決めたことではなかった。

「南部は、元来異邦人である大陸北部出身の王侯貴族に対し、いまだに距離を置いているところがあります」

「彼らは王家に表向き服従しておりますが、内心は何を考えているかうかがい知れません」

端的に言えば、現地の諸侯の警戒を和らげて懐柔するために第二妃を連れて行くのだ。

正妻ではないとはいえ、はじめてペトラ人の出自から王家に入ったベルタ・カシャの国民人気は高い。ましてや彼女は国王の一人息子の生母となった。

その存在感は大きく、彼女を蛇蝎のごとく嫌っている派閥ですら、もはや彼女をただ無視してはいられないほどになっていた。

＊

ベルタの毎日は、常に幼い子がいる暮らしの特有の賑やかさに包まれていた。ルイを中心とした日々は新鮮な驚きと喜びに溢れ、心が休まる暇もない。

宮から一歩外に出れば色々と幼子の目に触れさせるべきではない出来事も起きていた

が、そもそも宮から出る必要性もほとんどなく、母子の暮らし向きは基本的に穏やかだった。

生まれながらに王族としての宣旨を受けたルイの権威は、周囲の雑音を退けられる程度には大きかった。

それでもたまには避けられない事態もあって、ベルタはその日厄介な相手と行き合ってしまっていた。時間の調整を自身の女官ではなく、後宮の内務官任せにしたのがまずかったかもしれない。

「──ベルタ・カシャ。南方への視察に随行を命じられたそうね」

「はい、正妃さま。さようにございます」

後宮から表の王宮へと抜ける渡り廊下を歩いていたところだった。前方から現れた一団には正妃や、その同派閥でベルタとは何かと折り合いの悪い女官長が揃っている。

石敷きの古い廊下は狭く、ドレスを着た女同士すれ違うのは難しい。

ベルタや侍女たちはできるだけ壁際に避けて礼をとり、正妃たちを先に通そうとするが、向こうは廊下の正面に立ち止まる。

「陛下もご無理をおっしゃることね。あなたもお断りするのは心苦しい思いをなさったでしょう」

「正妃さま。私は陛下のご下命に異を唱えることができる立場にありません」

王妃マルグリットは、その美貌をおっとりと笑ませた。ドレスや靴、装飾品、全てが最上級品を纏うベルタに比べ、彼女ははあまり羽振りが良いとは言えないようだった。

だが、ごてごてと飾り立てられたベルタを一瞬で惨めに見せてしまう程度には、正妃はその生まれ持つ容姿だけで勝っている。

「大丈夫よ。わたくしからも奏上いたしましょう」

「正妃さまのお手を煩わせることではございません」

「第二妃さま。ここは正妃さまにお縋りし、ご夫婦で話し合ってくださるよう控えるのが良いのですよ」

正妃と女官長はベルタの輿入れ当初から一貫して、ベルタを正式な妻の一人としては認めていないことを仄めかし続けている。ベルタの背後に控える侍女たちも、正妃の圧力には耐えられても、女官長の無礼は我慢に限度があるだろう。

ここで使用人同士まで言い合いにでもなればこちら側が折れるしかなくなるので、一方的にこちらに分が悪い。

仕方なく、ベルタは暴発を避けて正妃を退けるため、会釈よりも深く礼をした後に声を張り上げた。

「恐れ入りますが、道をお空けくださいませ。陛下とお約束した面会の刻限に遅れてしまいます」

この時間にわざわざ鉢合わせに来たということは、今日ベルタが例の視察の件で表に呼び出されていることを彼女たちは知っているはずだ。

陛下の意向を笠に着て正室を退ける、なかなか堂に入った側室しぐさだが、この王宮で正妃派閥と対立し続けてそろそろ二年が経つ。いちいち細かいことは気にしていられない。ベルタは自分が第二夫人として理想的な態度を取れないことを、もう諦めていた。

「あら。それは困ったことね」

正妃は、心底困ったように同意して眉をひそめてみせたが、その場を一歩も動く気配を見せない。

ベルタはため息を隠した。

「分不相応に私を困らせるものではないわ」

これなのだ。おそらく演技ではなく、彼女はきっと今本当に困っている。

正妃の頭の中でどういう処理がされているのか、ベルタの言葉の内容や正当性は、彼女にとって関心事項ではない。ただ、物の数にも入らない異民族の娘が聞き分けがなくて困惑している。

相変わらずこの世ならぬ妖精のように美しく、三十路に差し掛かったという実年齢を感じさせないほど若々しい。そして、いつでもその美しさは完璧で、彼女はやつれて見えるところが少しもなかった。

——正妃は軽く病んでいるが、常人とまるで変わらないような振る舞いをするので、周囲はそれを指摘できないでいる。

それが最近まで彼女に振り回されながらベルタが出した結論だった。つまり正妃に正論で立ち向かうとか、彼女の意に添う形で第二妃の地位を全うしようとすることは土台無理な話だ。

困り顔を見せるだけの正妃に、彼女付きの侍女たちや女官長は徐々に本当に困りはじめている。

あまり陛下を待たせるのも問題だし、渡り廊下は人目につきやすい。これほど人目のある場で向き合っていては、待たせた場合どうして遅れたのかは確実に陛下に伝わる。あちらの女官たちもそれがわかっているだろう。

さてどうしようか。ベルタが行動を起こそうにも、既に陛下の名という最大の手札を切ってしまった後だ。王太后の名でも出そうかと考えていると、すぐ後ろに控えていたジョハンナがするするとベルタの横に進み出た。

「ベルタさま。ルイ王子をお連れした女官が面会の刻限に間に合いましたわ」

ジョハンナは絶対に正妃にも聞こえる音量でベルタにそう耳打ちする。ちなみに内容は全くの嘘で、今日は王子を連れて面会に行く予定ではない。

だが効果は覿面だった。ルイの名前を聞いた途端、正妃は身じろいでさっさとその場を立ち退く様子を見せた。

「行きましょう。長居して少し体が冷えたわ」

ベルタはすれ違う正妃のために廊下の端に身を寄せて、半身を向けて礼をとる。正妃の付き人たちはほっとしたような顔で彼女に付き従って去っていった。


「あなたの機転で助かった、ありがとうジョハンナ」

「いいえ。ルイ王子の御名をあのように使ってしまい申し訳ありません」

「今のは仕方ない。今後、あの子がもう少しものがわかるようになったら、確かにこのままでは問題だけど」

この頃正妃は、産まれた当初ルイを取り上げようとしていた態度を一変させて、徹底的にルイを避けていた。

「それにしても本当に、花壇の中で毒の毛虫を見つけたかのような反応ですね」

ジョハンナの感想は言い得て妙だった。だが仮にも一国の王子を、たとえ話とはいえ毛虫扱いするものではない。

迂闊な年若い乳母は周囲の侍女たちの微妙な視線を集めていることに気がついたのか、表情だけは神妙に取り繕って頭を下げてみせた。

ベルタは、正妃と行き合ってしまった短時間の出来事よりも、この後何倍も面倒な言い訳に追われる時間を想像して嫌気がさしていたので、ジョハンナの失言どころではなかった。

「ああ。またあの双子の侍従にねちねち言われるのよ」

「ベルタさま。そろそろ向かわれませんと本当に遅れますわ」

「……そうね」

どうして衝突し不都合を起こしてまで、ベルタが動かなければならない状況にあるのだろうか。先程正妃に言ったことは本当で、ベルタは国王の決定に否やを唱えられる立場にない。

自分が動くと面倒ごとしか発生しないこの王宮で、ベルタはできるだけ目立たず生活していたいというのに、現状はそれを許さなかった。

「今回の視察の日程と経路をまとめた書類だ」

なぜこんな業務連絡をわざわざハロルド本人がしているのかと言うと、第二妃の政治介入を過剰に気にする輩(やから)が、彼女と外朝の人間の接触をこのごろ厳しく警戒しているからだ。

彼女が外朝に姿を見せるのを良く思わない連中の反発を避け、ハロルドは自身の執務室に呼び出した。

「目を通してもよろしゅうございますか？」

書類を受け取ったカシャ妃は、その場で内容を確認したそうな様子を見せた。同じ王宮内とはいえ、表の王宮の執務室と、彼女が住居としている宮は少々距離がある。間を置かずそう何度も来るのは骨が折れるだろう。

「その席を使うといい」

「ありがとう存じます」

相変わらず完璧な所作とそつのない態度で、執務室の硬い椅子に腰掛けた彼女は、ハロルドが思っていたよりじっくりと内容を精査し始めた。

「何か気になっているのか？」

「ルイは先般ようやく一歳の誕生日を迎えたばかりです。幼児を連れての旅は不測の事態が付き物です。ルイが体調を崩して日程が乱れ、陛下の視察のご予定に影響を及ぼさないか憂慮しております」

自分より十歳近くも年下の彼女だが、ハロルドはなぜか昔の家庭教師だったハイ・ミスのことを思い出した。

饒舌に話すカシャ妃と接するのは妙に新鮮だった。ルイが産まれて以来、彼女と顔を合わせるのは王宮での行事など、必要に迫られた時のみだ。そうした場で彼女はいつも慎ましい臣下のような態度で控え、必要最低限の主張しかしない。

「それは無論こちらの頭にもある。長距離を続けての移動は極力控え、必要になればやむを得ず隊列を分けることも視野に入れている」

カシャ妃は少し黙ったまま考えた後、視線を紙面から上げた。

「隊列を分けることを考えるならば、私の侍女を二、三名ほど増員しても構いませんか？道中ルイのそばにも常にペトラ人の侍女を配置できるようにしておきたいのですが」

「それくらいなら構わない」

淡々と話す彼女は落ち着いているのか、それとも機嫌が悪いのか、ハロルドには今ひとつわからなかった。

視察の全日程は二ヶ月近い。その間、妃として連れて行くのだから、おそらくカシャ妃と馬車も同乗することになるだろう。考えると気まずくて気が重くなる。

彼女の、彫りの深い眼窩に隠された暗い虹彩が、瞳の中でぎょろりと動くのがハロルドにとっては少し不気味だった。ハロルドがカシャ妃に苦手意識を持っているのは、一度激昂した彼女を見ているからだ。

普段穏やかな人間が怒る時ほど怖い。そして彼女をあれほど怒らせる事態に至るならば、おそらくまたハロルドのほうに言い逃れようのない非がある時だ。

「陛下」

「な、何だ」

「南部の食事はこちらよりも味付けが濃く、辛味のあるものが多いです。事前に充分兵士たちに周知するか、道中立ち寄る館の厨房方に北方風の薄味を言付けておいたほうがよろしいかと」

一人で狼狽えているハロルドをよそに、カシャ妃はまるで淡々と、侍従ですら言ってこないような細やかな助言を重ねた。

「なるほど。同行の内務官にその旨伝えておこう。だが郷に入っては郷に従えとも言うし、私は南部風の食事も試してみたい」

カシャ妃はその日初めて笑みを見せた。愛想笑い程度ではあったが。

「でしたら、メセタがよろしいでしょう。あちらでは手に入らない食材はございません」

笑うと目元がはっきりしなくなって、冷たい印象が薄れるな、とハロルドは思った。

思いがけず身になる内容の多かった面会時間が終了し、カシャ妃は来た時と同じように恭しく礼をとって立ち去ろうとした。

ふと、ハロルドは一つ聞き忘れていたことを思い出した。

「カシャ妃。そなたにとっては久々の故郷だろう。道中どこか立ち寄りたい場所はないのか」

ハロルドの質問が予想外だったのか、カシャ妃は少し受け答えに間を置いた。だが、彼女の答えは簡潔だった。

「特別にここという場所はございません。私にとってはカシャ領すべてが故郷ですし、産まれ育った都市メセタは、元より視察の目的地に組み込まれております」

古都市メセタ。言わずと知れた国内最大規模の交易拠点の街であり、南部広域に影響力を持つカシャ一族の本拠地だった。

メセタをこの目で見ることは、今回の視察の大きな目的の一つだ。

執務室の控えの間で待たされた女たちは、間違っても隣の部屋の主人に聞こえないように小声で侍従に突っかかっていた。

「ちょっと。陛下と妃殿下がお二人で大切な話をされているのよ。あなたたちは控えなさい」

女官たちにここで待つよう指示を出した後に、侍従がまた執務室に入っていこうとしたのを止めていたのだ。

ジョハンナをはじめとする女官たちは、王とその妃であるベルタが二人きりになって、まさか色気の欠片(かけら)もない業務連絡しかしていないとは考えていない。

彼女たちの多くはベルタが懐妊した後に増員されているので、陛下と第二妃の間にある関係について多少ロマンチックな勘違いをしていた。王子誕生以来、互いのお立場や周囲の諍い(いさか)で関係が冷えがちだが、子までもうけた彼らには蜜月(みつげつ)の新婚期間があったのだろうと。

これについてペトラ人侍女たちは、敢(あ)えて同僚の夢を壊して事実を伝えることもないかと静観していた。二人は実際のところ蜜月どころか、絶望的に嚙(か)み合っていない期間しか過ごしていないが。

ともかくジョハンナはこの時、なかなか親密にお過ごしになれないお二人のささやかな逢瀬(おうせ)の時間だわ、と思って意気込んでいた。

「妃殿下だと？　確かにベルタ・カシャは王室法を曲げさせてまで強引に第二妃の座を奪い、得意げにそう名乗っているがな！　だが我々プロスペロ教徒は一夫多妻などという倫理にもとる野蛮な真似は認めていない。カシャがいくら虚勢を張ろうが神の前では無意味だ」

このよく吠(ほ)える侍従がベルタのほうに行かないよう、ジョハンナはしばらく言い合いの相手をするつもりでいたが、彼女が口出しをする前に、横にいたもう一人の侍従が口を開いた。

「まあまあ、落ち着いて。その理論で言うなら陛下は既に改宗されて、その教義では神は複数の妻を愛することを禁じてはいないよ。それに陛下自身、ご生母は正室ではあらせられないし、アンリ、君は陛下まで否定するのかい？」

「なっ！」

勝手に仲間割れを始めた二人の侍従。王の側近の中では一番下っ端の、小間使いのような立ち位置の侍従たちは、名物の双子の兄弟だった。

悪しざまに噛み付く血の気の多いアンリと、それを人好きのする笑顔で宥めるジョエル。二人は瓜二つの外見に対して、主義主張や気質がまるで正反対だからややこしい。

「お前まであの毒婦の味方をするのか？」

「敵味方の話じゃない。君の無礼が過ぎれば俺や一族にも迷惑がかかると言っているんだ」

ちなみにジョハンナの雇用主であるベルタは、それなりに長い期間彼らが双子だとは気がついていなかった。彼女にとって、会うと吠えかかってくる侍従のことは興味関心の外だったらしい。

ベルタは、彼らのような保守派貴族の無礼に、大らかで大雑把な態度を取り続けている。

彼らは双子で、無礼なのはアンリ、大人しいのがジョエルだとジョハンナが教えた時には『そうなの。なぜか会うたび態度が違う情緒不安定な侍従がいると思ってた。別人なのね、どうりで』と彼女は大した感慨もなさそうに言っていた。

常日頃から侮蔑的な態度を取られ続けることが、精神的な負担になっていないはずがないと思う。それでもベルタが、大ごとにせず受け流し続けているのは、自身が第二妃として王宮に存在し続けることの影響力を自覚しているからだ。

「アンリ。君はどうしてそう、マルグリットさまが絡むと冷静な思考ができなくなるんだ？　仮にも僕と一緒に陛下の側近に選ばれるくらいには優秀な頭脳を使って考えてみろ」

「考えるまでもない。あの女は今日もここに来る前、厚顔にもマルグリットさまに道を空けさせて礼を言いもしなかったんだぞ！　臣下として礼を欠いているのはどちらか明らかじゃないか」

ベルタを臣下扱いするアンリの発言に、ペトラ人侍女たちが殺気立ったのに気がついて、ジョハンナは小声で双子の応酬に口を挟んだ。彼らの声はうるさすぎ、分厚い執務室の扉さえ突き抜けそうだった。

「……ちょっと。妃殿下は正式に嫁がれたのだから、臣下ではないわ。歴とした王族のお一人よ」

「うるさいぞ、口を挟むなメイスフィールド！」

顔も向けずに一蹴(いっしゅう)された上、旧姓を呼び付けにされる無礼にジョハンナも我慢できずに切れた。一瞬前までの努力も台無しに声を張り上げる。

「シュルデ子爵夫人とお呼びなさい！」

彼ら侍従兄弟は、伝統的貴族の端くれで、子爵家の子供たちだった。つまり似たような境遇のジョハンナとは幼い頃から知り合いの、いわば幼馴染(おさななじみ)のようなものだ。

た。

「無礼は許さないわよ。それにもう貧乏メイスフィールド家の次女じゃないわ。私はシュルデ家の夫人、そして国王陛下のご長男の乳母よ！」

未だに未婚の小娘に間違われることの多い乳母ジョハンナにとって、旧姓は地雷源だった。

「……悪かった。今のは俺の失言だ、シュルデ夫人」

第二妃のことはこき下ろせても、国王陛下の第一子である王子には忠義心があるらしいアンリは途端に大人しくなったが、今度は逆になぜかジョエルのほうが慇懃無礼な笑顔で当て擦ってきた。

「これはこれは兄弟が失礼いたしました、シュルデ子爵夫人。それにしても随分ご出世されたことで。親子ほども歳の離れた子爵に嫁げるような野心家の貴女ならやり遂げると思っていましたが、一体どんな手を使って乳母の座に齧りついたんですか？」

ジョエルの方も外面が良いだけに過ぎず、性格は兄弟揃って同じく最悪だということをジョハンナは知っていた。

彼女の激昂を懸念した同僚に止められる前に、即座に言い返す。

「私は旦那さまを愛しているから結婚したのよ。打算で結婚なんかできるものですか」

「打算なくあの髭面と結婚できるとは酔狂な」

「髭面の何が悪いのよ！　だいたいうちの人は商売も下手だし放蕩だし、私がもし計算高かったら絶対に結婚しない相手よ」

実にくだらない内容の小競り合いは、ベルタが執務室から出てくるまで続いた。

開いた執務室の扉の内側に、国王陛下の姿も少し見えたので、二人の侍従はピタリと応酬を止め、壁際でベルタに頭を下げて見送る素振りを見せた。小物たちはさすがに陛下の御前で第二妃に噛み付くほどの度胸はないらしい。

ベルタが横を素通りする直前、アンリが強い目でベルタを睨みあげたのが、ジョハンナの立ち位置からは見えた。本当は先程散々言っていたように、今日の正妃に対するベルタの無礼を罵りたくて仕方ないようだ。毎度のことながらベルタに噛み付くネタの仕入れが迅速なことだ。

いつもと違ったのは、普段は双子を極力無視するベルタのほうも今日はアンリの視線に反応を返し、高い位置から睥睨したことだ。

いつもは暖簾に腕押しの相手に真っ向から反応を返されたアンリは、それだけで鼻白んだように視線を揺らす。彼女は何か言うべきか迷うような素振りを見せ、けれどそれ以上は何もせず、結局無言で部屋を後にした。

「あの侍従がいかがしました？」

宮に戻った後で、ペトラ人侍女の一人が思案顔のベルタに問いかけた。視察の打ち合わせ自体は概ねうまくいったらしいものの、ベルタの顔は浮かない。

「あの目つきの悪いほうは置いて行けないかしら」

「それは、難しいでしょう。恐れながら陛下の身の回りは人材が潤沢なわけではございませんし」

「護衛もできる侍従として道中むしろおそばに付き従うはずですわ」

それは充分わかった上で言っているのか、彼女は大仰にため息をついた。

「……絶対に問題を起こすとわかっている者を連れて歩くのは憂鬱ね」

彼女の侍女たちは主人に同意するように頷き、各々納得した様子を見せる一方、ジョハンナたちはその時はあまりピンと来ていなかった。

だが、視察の旅の道中ですぐにそれを理解することになる。

そこは王宮ではない。

南部において、大領主カシャの嫡女に無礼を働くことがどういうことか、彼らはまだ実感していなかった。

＊

王都はまもなく夏が終わろうとしている気候だったが、南部はこの時期はまだ暑さの盛りだろうと思われた。気候変化を考慮し、ベルタは支度の荷物にルイの衣服を多めに詰めさせた。

出立の馬車列を一目見ようと、王都の大通り沿いには人々が詰めかけていた。外出のたびにこうまで庶民に気にされては、国王陛下も大変だな、とベルタは率直に思う。陛下も時折はお忍びでこっそり街中に出たりするのだろうか。

そう聞くほどの仲ではないので、ベルタは小さな疑問は心に留めた。彼はたとえ庶民の服装に身をやつしても一発で王侯貴族だとバレそうな容色をしているが。

ベルタ自身は品行方正に妃をやっているため、王都に来てからはお忍びで出歩くようなことは一度もしたことがなかった。教会の孤児院への慰問や、商会への視察などで幾度か市街地に出ることはあったが、それらも全て第二妃として身上を明かしての行動だ。どこに行っても窮屈さと仰々しさは否めない。

そのため二年も住んだ街とは思えないほど、ベルタは王都の景色を見慣れなかった。ましてや王都の外に出るのは実に、輿入れ以来のことだ。カシャに居たころは毎月のように拠点のメセタから出て活発に行動していたことを考えれば、随分と運動不足になったものだと思う。

道中の馬車はもちろん、夫である国王陛下と同乗だった。互いに気まずいのだから別行動できないのかと思うものの、様式美のほうが重視された結果だ。

彼は無言が苦手な性格なのか、道中あれこれとベルタに話しかけてきた。

「昨夜はよく眠れたか？」

「ええ、陛下」

一方ベルタのほうはどちらかと言えば静かに過ごしたかった。ルイを連れて父に会うことを思えば少々気が重かったのもあり、公務に関係がありそうな話題以外は適当に受け流していた。

「ルイはぐずっていないか？　そろそろ馬車の旅にも慣れてきただろうか」

「はい。今のところは」

――ポッカ。ポッカ。カタッ。

長距離の移動を想定した馬車は、飾り馬車とは違って快適だ。余計な装飾も少なく室内は広々として、代わりに窓は小さいので落ち着ける。

国土を大きく縦断する道程は、日を追うごとに車窓からの景色を変えた。

王都やその周辺の栄えた都市群を抜け、街道整備もまばらの悪路に差し掛かればやはり多少は揺れる。だがベルタは元々、姫育ちにしては悪路での移動に慣れていた。

「……そろそろ南部が近い。明日あたりに大河に着くだろう」

「さようにございますね」

――カタカタ。パッカ、パッカ。

道中会話はあまり弾んでいないが、ただハロルドと何日も同じ馬車で過ごしていれば、しみじみとした実感があった。

(この人、本当にきれいなのね)

普通三十路の男はもっと草臥れているものだと思う。

彼を見ていると、現王室が異国から舞い降りた王として崇められ、その青い血を繋いできた歴史を漠然と感じる。物語のように美しい王統の歴史の現在を目の当たりにしていると思えば、どこか俗な高揚感すらあった。そのくらいベルタにとっては彼らの物語は他人事だ。

彼を夫として何か期待するとか、当てにするという甘い考えを持たないと心に決めてからは、ハロルドはちょっと苦手な上役というような位置付けだった。この視察旅行でハロルドとの私的な交流を深める意図はまるでない。

ただ、順調に進む道程の中、そろそろ大河に着くような頃を見計らって、ベルタは南部の人間と国王を接触させるための注意事項を述べた。

「陛下。大河を渡る前に一件、お願いがございます」

ベルタが自分からハロルドに話しかけるのは珍しかったので、ハロルドは必要以上に身を入れて聞いてくれた。

「なんでも言ってみろ」

「恐れながら、南部に滞在する間は私のことは名でお呼びください。ベルタ、と」

なんでも良いと言ったわりにハロルドは一瞬固まった。さほど難しい要望とは思えないのだが。

「何か理由はあるのか？」

「特別な理由があるわけでは。ただ、陛下は妃の一人として私を同伴なさったのですから、一般的な夫婦のように見えたほうが都合がよろしゅうございましょう」

「なるほど」

ハロルドはそう言って沈黙したので、ベルタは彼が納得して話が終わったのかと思って窓の外などを見て過ごしていた。

しばらくして、ハロルドは軽く勢いをつけて視線を上げた。

「ベルタ」

「はい」

「……呼んだだけだ」

さようにございますか、と相槌(あいづち)を打つか迷って、ベルタは結局何も答えなかった。

大河というのは、国土を横断するように流れる文字通り大きな河だ。

大河以南、国土の約三割にあたる面積は南部ペトラ人の実効支配地域となっている。あちら側には国家が任じるような爵位のある領主は数少なく、大抵は土着の領主が太守を名乗り治権を行使していた。ベルタの父などがその最たる例だ。

この大河、川幅の広さそのものはもちろん、南岸の地形の悪さが天然の要害となっている。河を渡ったところであちら側は見渡す限りの断崖絶壁、たまに拓けた道があっても道幅が狭く限られている。

現王室が百年、南部の支配権獲得を諦めるに至った理由になるだけの地の利があった。過去には異民族との凄惨な戦闘が繰り広げられた歴史を持つ河川だが、平和と交易の時代が続いている現在は、吹き抜ける川風の気持ち良い穏やかな場所だった。

一行が大河に到着し、馬車を降りたのはよく晴れた昼下がりだった。川面からの陽光の照り返しがまぶしく目を焼いた。

「すごいな」

目を細めながら対岸の岩場を見上げたハロルドは、思わずといった様子で感想を漏らした。

「陛下は、大河をご覧になったことは？」

「あるが、河口付近の港町に行った時だ。あの時は下流まで迂回して渡ったが、今回のように最短距離の道順を見るのは初めてだ」

ハロルドは土地勘のある官僚たちが公式に設定した視察ルートが、このような道なき道であることに驚いている様子だ。

「ここより上流は王都側も山脈に呑まれて悪路になりますし、下流から渡るにはかなり迂回しなければなりません。このまま突っ切るのが一番南部の街道にも出やすいのです」

ベルタが二年前にあちらから出てくる時もここを通っている。

船の用意された岸辺で待機していた現地の役人が、ベルタの話を引き継ぐようにハロルドに言上した。

「対岸は絶壁ですが、崖の間にわずかに切れ目がございます。河を渡る船でそのまま、狭い谷幅を航行いたします」

役人が説明するそばでは、既に先行の護衛兵士の乗った船が、向こう岸の崖の合間に入るところだった。対岸から見ている限りでは、知らなければ航路があるとは到底思えないような地形だ。

「十人乗りの船がぎりぎり通れるほどの隙間しかなく、快適な船旅とは言えませんがどうかご辛抱くださいませ」

「問題ない。どうりでこの日数でメセタまで着くはずだ」

ハロルドは感心したようにそう返した。

それから現地の役人はベルタのほうに向き直り、すました顔で再び儀礼的に頭を下げる。

「妃殿下におかれましては、お久しゅうございます」

「ええ。息災そうで何よりよ、トレント家の」

役人は太守トレント家の一族の出身者だった。ここで大河を渡ると最初に着くことになる町の太守一族だ。

「ますますご健勝のご様子、安心いたしましたよ。もっとも、ベルタさまはこれから行く先々で会う者たちに同じようにご挨拶(あいさつ)されてお疲れになるでしょうな」

役人はすまし顔を崩してにやりとした笑みを見せた。

「覚悟しておくわ」

「わはは、行ってらっしゃいませ！　道中どうかお気をつけて」

役人に促されるまま進もうとして、ベルタはふと隊列の後ろに目をやる。馬車から出てきたジョハンナがだいぶぐったりしている様子なのが気にかかった。午前中の馬車移動はルイがぐずり倒したのだろう。まだ馬車酔いしないでくれるだけでも優秀な幼児だ。

「陛下。船での移動は心配ですし、私はルイに付いております」

ベルタがそう言うと同時に、馬車から降ろされたルイがぎゃんぎゃんと泣き声を上げた。

彼以外は大人しかいない一行で、幼児の泣き声はやたらと耳につく。

ハロルドは、ルイのぐずり声を聞いても特段不快そうな様子は見せず、平素と同じように頷いた。

「行ってやれ」

「はい」

ルイは、ベルタが抱き上げて一度は泣き止んだものの、結局初めての船に怯えて水上では終始泣き通しだった。

船を降りて、現地の太守が用意していた馬車に乗り換え、その日のうちに南部最初の都市に到着した。

町自体は南部ではよく見るような、少し規模が大きい程度の田舎町だ。低い城郭に囲まれた町中には、隙間なく石や木組みの建物が詰め込まれている。多少人口密度が高いだけでこのあたりの風俗は大河以北とさほど変わりないはずだが、やはり大河を挟み、どこか今までと異なる雰囲気はあった。

町についた瞬間から、正直ベルタは嫌な予感がしていた。

この町の太守、トレント家の当主は、大河と近接する土地柄もあって何かと北方貴族とは折り合いが悪かったと記憶している。そして当主の空気感は市民感情にも直結する。

当主は、町を囲う城郭の外まで視察の一行を迎えに出ていた。

けれど、ベルタがルイと同乗していた馬車を降りると、当主はハロルドの馬車を素通りしてこちらに歩み寄りそうな素振りを見せたのだ。

ベルタはルイを抱き降ろそうとしていた手を止めて足早にハロルドの馬車に近寄り、ハロルドと並んでできるだけ近くに立った。当主がハロルドに礼をとっていると見えるように。

「ようこそお越しくださいました。ベルタさまのお越しを首を長くしてお待ちしておりました」

「世話になるわ、トレントの叔父上。私の旦那さまにご挨拶を」

当主は仮にも国王を後回しにしたことに全く悪びれる様子もなく、極めて朗らかにハロルドに笑顔を向けた。

「恐れ多くも国王陛下の拝謁の栄に浴します。トレント家当主、シーロにございます。ご滞在の間はどうぞごゆるりとくつろがれませ。歓待の支度もしてございます」

「そなたはベルタの叔父なのか？」

ハロルドは直截に当主に問う。

「はい。もっとも直接の叔父ではございませんが。私の妹がカシャご当主の第三夫人であり――ベルタさまの三番目の母にございますれば、ベルタさまは幼少時より親しみを込めて私のことを叔父と呼んでくださるのです」

王都の文化圏では理解しづらい価値観だろうに、ハロルドはなるほど、と一応納得する様子を見せた。表面上はとても穏やかに見える。それはベルタが彼の王宮で取り続けている、余所者としての態度にも似ていた。

その日はハロルドと並んで二人、下にも置かぬ豪勢なもてなしを受けた。

しかしベルタは宴会の間中ずっと気が気ではなかった。

国家の盟主としてもてなされるどころか、ベルタの婿として体よく付属物扱いされるような手荒い歓待だ。

「ベルタさまが婿どのを連れて帰られた！」

「今日は祝いの酒ですぞ」

「無事に男の子もお生まれになり、さぞお幸せな結婚生活をお過ごしでしょうな」

大半ただの酔っぱらいだが、当主のシーロあたりはベルタとハロルドの結婚生活の実情をある程度仕入れた上で当て擦ってきているような気もして、とにかく黙らせづらい。

「……南部の料理は久しぶりよ。陛下も初めてご覧になるでしょうし、ねえ、陛下に品目の説明をして差し上げて」

赤ら顔の男たちは、言葉に南部の訛りが出るほど酔っているようだった。

「こちら大河の支流ネブ川で採れる川魚を、舶来の香辛料をふんだんに使用して味付けしたものにございます。川魚は滋養強壮に良うございますよ」

「がっははは！　若い嫁を貰うと苦労しますな！」

お淑やかに中途半端な口を挟んでも全然軌道修正できない。

「ベルタさま、王宮での新しいお暮らしはいかがですか？」

「ささ。陛下。あまり酒が進まれておりませんな」

「ちょっと！　明日も朝早いんだから、あんまりお酒を勧めないで」

結果、ベルタは必要以上にハロルドに料理を饗して勧めてしまったし、ハロルドもハロルドで勧められるまま食べて場を繋いでいた。

「ベルタさまはお堅い」

「ですがご結婚前と変わらぬご様子、安心いたしましたよ」

何をもってベルタが変わっていないと彼らが感じたのか疑問だが、突っつくと何を言い出されるかわからないので黙って受け流す。

結局彼らが最低限満足するまで席に付き合って、さっさとハロルドに中座を促す頃には、ベルタはぐったり疲労していた。


翌朝は早朝から慌ただしかった。

一行を引き連れて出立する前に、文官や女官たちを町に置いたまま、身軽に周囲の山村を見て回ろうということになっていた。

ハロルドは少数の供回りと護衛兵士のみを連れた。それに加え当主が手配した者たちと、地形に慣れた自警団を連れての視察はお忍びに近く、ベルタは緩衝のために同行を申し出た。

後から思えば、それがまずかった。

少数での視察は馬によるものだったが、ベルタは嫁いで以来乗馬から遠ざかっていた。久々に馬に乗る上、道は山間の悪路で、ベルタはふとした拍子に馬の扱いを誤った。馬に舐められて加速されてしまったのだ。

脚の速さに呑まれて耳には風を切る嫌な音だけが付き、ベルタは一気に混乱する。

「いけない！　ちょっとっ、誰か、手綱を引いて！」

慌てて周囲が目に入っておらず、ベルタは近くに並走する騎馬に助けを求めた。間の悪いことに、その時ちょうどベルタの一番近くにいたのは侍従のアンリだった。彼は助けを求めたベルタに一瞥もくれず、自分も馬を更に走らせてベルタの横から離れようとさえしたようだった。

「ベルタさま！」

結局、逆側を並走していた騎馬に体当たりで減速を促され、ベルタの馬は止まった。落馬の不格好を晒さずに済んでほっと息をつきかけたが、次の瞬間ベルタは場の惨状に気がついて目眩がした。

道の少し先で侍従アンリが、自警団連中に馬から引き降ろされ、地面に頭から縫い付けられるように拘束されていたのだ。

「貴様！　ベルタさまの御身を危険に晒すとは何事か！　申し開きによっては容赦せぬぞ」

「この者は妃殿下であらせられるベルタさまに対して護衛の役割を果たしませんでした。消極的とはいえ反逆と取られて仕方のない所業」

「この者は国王陛下の側近ではないのか！　なぜこんな痴れ者が紛れ込んでいるのだ！　それとも貴族連中にとってはこれが当然の態度か？」

ベルタは慌てて馬から下りた。その時ちょうどすぐベルタの後ろにいたハロルドに片手を突き出し、絶対に下りてくるなと身振りだけで制止する。ここで陛下本人が出てきたらいよいよ収拾が付かない。

ベルタは一度深呼吸して、自警団の面々に一喝した。

「やめなさい！」

明らかに非があるアンリのほうをなぜか庇う羽目になっているベルタは、しらを切り通すために自分に気合を入れる必要があった。

「ですがベルタさま」

「ごめんなさい、忘れてた。この者は時々こちら側の耳だけ聞こえづらくなるのよ」

「そのような役立たずの護衛などを御身の周りに置かれますな。捕らえて町に差し出し、尋問いたしますか」

「やめて。馬から振り落とされそうになったなんて、みんなに知られたら恥ずかしいもの。あまり大ごとにしたくないから後はこちらで処理させて」

「しかし」

これ以上の問答は不要とばかりに、ベルタは言葉尻(じり)をきつく下げる。

「私の顔に免じて見逃してちょうだい。それと、あなたたちは少し先に行って待っていて」

全然誤魔化せていないが、ともかく有無を言わせず自警団たちを追い払うことには成功した。

ショックを受けたように引き倒された状態から動かないアンリに、ベルタは近寄った。手を差し伸べて助け起こす気には到底なれない。

ベルタに気がつくと、アンリは半ば呆然(ぼうぜん)としたまま顔を上げて、それでも聞き苦しい悪態をついた。

「あ、あいつら……このようなことをして、ただで済むと思うな、」

「――黙りなさい。アンリ・オットー!」

今更彼に対して新たに失望するほどのことはないが、それにしても今の態度は間が悪い以外にも問題がありすぎる。

「おまえは今自分が何をしでかしたかわかっているの?」

ベルタはこの、双子のもう一人と見分けがつかない侍従のことを、まだ物の分別も付かない子供だと思っている。自分の判断基準を持たないから、外朝の人間が悪し様にベルタを罵る(ののし)のを真似して、自分の立場ですらそれが許されると思っている愚かな子供。

外朝の大臣や貴族たちを刺激するのを控え、王宮内では自分に対するどんな罵詈雑言(ばりぞうごん)も黙殺しているベルタは、この子供にだけいちいち目くじらを立てるのも面倒だと思っていた。

「王宮内ではおまえが私に対してどんな態度でいようが、周囲はおまえを無能だと思うだけで何も言わないのよ。けれど、ここがどこだか理解している？　王宮とは違う政治構造で成り立つ辺境よ」

ああ本当に、アンリは連れてきてはまずかった。思い上がったままここに来て、己の認識と異なった文化に触れてなお苛立つ(いらだ)ことしかできない彼に、見るべきところはない。

けれどベルタはハロルドに、側近を置いていくよう進言できるような立場にはなかった。

「なんのために視察に来ているか考えて行動なさい。陛下がペトラ人と事を構えないように努力されている姿は目に入っていないの。……それもわからないようなら、おまえは今からでも任を辞して去りなさい。血の気の多い南部の人をこれ以上刺激する前に」

昨夜のようなトレントの手荒い歓待に耐えたハロルドの努力が、この侍従のせいで水の泡になるのはさすがに忍びなかった。

ハロルドの位置からは、ベルタがあわや落馬しそうになっていた一瞬の光景も、それを事もあろうに自身の侍従が無視したことも一部始終が見えていた。

彼女は落馬しかかった衝撃からか多少足腰をふらふらとさせながらも、彼女に忠実なペトラ人から侍従をかばい、ひいてはハロルドをかばった。

久々に怒りを示す彼女の言葉を聞いた。

やはり、ベルタを怒らせている侍従のほうにどう考えても非がある状況だった。

一つ言い訳をするとすれば、ハロルドは自身の侍従が妃に対してこのような態度を取ることを知らなかった。双子は、ハロルドに対しては従順で忠誠心の強い小間使いのような侍従であり、主人の前ではこれまでボロを出していなかったのだ。

だが、さすがにこれは。

「控えよアンリ」

理路整然と怒りをあらわにするベルタに、何やら言い返そうとしていた侍従の口をハロルドは強い言葉で封じた。

「カシャ妃の、ベルタの言う通りだ。たった今おまえの任を解く。俺が視察から戻るまで、大河の向こう岸へ戻って逗留し、謹慎していろ」

「へ、陛下……なぜ、私は、へいか、」

なおも何か言い募ろうとする侍従はもはや視界に入れず、ハロルドは馬上から下りるとベルタの肩に触れ、自身のほうを向かせた。

「この者の無礼を知りながら、どうして何も言わずに耐えるような真似をする？　知っていればもっと早くに対処したし、そなたを危険に晒すようなことはなかった」

しっかりして見える彼女が馬上で手元を誤った瞬間、ハロルドは肝が冷える思いをした。

彼女の身を直接的に危険に晒すような人間が、自分のそばに紛れていたことに憤りを覚えていたし、それを叱るだけで受け流そうとするベルタも不可解だった。

「私は陛下の身の回りの人事に口出しをする裁量は持ち合わせておりません」

けれど彼女は、追及するハロルドの手を避けて、数歩分の距離を空けた。侍従に向けていたよりは控えめなものの冷めた視線を投げて寄越される。

「お言葉ですが、王宮にいる時分に私が、陛下の侍従の態度が気に入らないから解雇してほしいと申し出たとして、陛下はそれを聞き入れられましたか？」

ベルタからそのような進言を受けたことは今までないが、もしあったとしても難しいだろうと思う。ハロルドが真偽を確かめるに至る前に、周囲から口出しが入って話が捻じ曲がるだろうことは容易に想像できた。

相変わらず痛いところを突いてくるベルタだが、今回の旅程の先の長さを考えるところで正論に押し負かされてばかりはいられない。

苦し紛れになったハロルドは、彼女を全く正当に扱えていない後ろめたさに目を逸らしながら、ベルタにお願いをするしかなかった。

「……せめて、この視察の間だけでも俺がそなたの言葉を誠実に聞き入れると、信用してくれ」

ベルタは特に表情を変えなかったが、そのわりには頷いてくれた。

「わかりました。私もルイがいる以上、陛下が南部ペトラ人と険悪になられると立つ瀬がありません。助言は忠心から申し上げることと、ご信用ください」

5

最初にトレントといぅきつい土地柄に当たったことで、その後の道程はむしろ順調に進んだ。

侍従の粗相は予想外ではあったが、元々アンリのような保守派の護衛に関する諸問題は旅の大きな懸念事項だった。それを考えれば、こちら側で処理し切れる範囲で済んだのは不幸中の幸いと言える。

仮にアンリが太守側に拘束されたり、その場で斬り合いに発展したりしていたような場合は、さすがに予定通りの道程で進むのは不可能になっていただろう。

何より旅の序盤でハロルドから言質を取ることに成功したベルタは、助言によって側近連中と衝突する心配を避けることができた。

今回は最善ではない事態を踏んでしまったが、ああいぅ人間も使いようだ。

割に上手くやったんじゃないかしら？　とベルタは内心自画自賛したが、もちろん落馬未遂の一件は当然侍女たちには伝わってしまい、順当にとても怒られた。

力量を忘れた無茶はしないように、と真っ当に釘を刺され、それは確かに大いに反省するところだ。

＊

真夏の名残を残すように太陽が照り付ける。晩夏の南部は気温が上がり、王都の気候に慣れた一行をじりじりと焼いた。街道に落ちる濃い影と、適した服装をしていてもじわりと滲む汗に、ベルタは生まれ育った故郷の街が近いと知った。

古都市メセタ。

抜けるように真っ青な空と、肥沃な濃い緑に囲まれ、その街は時代の変化を知らず佇んでいる。

有史以前から続くと言われる集落の起こりは遠く、かつては一帯を支配する王国の首都だった歴史も持つ街。

行商として財を成したカシャ一族が、この土地に居ついたのは百年も昔のことだ。以来、カシャの落とす富により発展を重ねた街は数代で膨れ上がり、現在の人口はかつての首都時代に匹敵するとも考えられている。

そんな南部最大の都市メセタは、北方の美しい整然とした街並みに馴染んだ一行の目には、雑多で猥雑な雰囲気の街に映った。

分厚い石造りの建物は、武骨で野暮ったい印象を初見の者に与える。街並みの中に築かれた石積みの防護壁も、堅固ではあるのだろうが、切り出した岩をそのまま積んだようにすら見えた。

遺跡のようだ、とハロルドは馬車の中から窓を覗いて思ったが、この街の姫君が同乗している手前、一応それを口に出すのは控えた。

「こうして見ると、王都の整備された煉瓦造りの中心区画に比べて、時代を一つ下がったような心地がいたしますね」

と思ったら、当の本人が似たような感想をいだいていたらしい。ベルタの表情はいつになく穏やかで、それが不思議と彼女の静かな高揚を感じさせる。

街の中心部にあったはずの巨大な古城は数百年前、海の向こうの異教徒からの侵攻で焼け落ちて以来、一度も再建されていない。

そして他の都市にはなかなか類を見ないことに、城の跡地は広場として住民に開放されている。それはこの街の実質的な支配者が、しかし王者として民に君臨しているわけではない事実を端的に示していた。

「朝には中心部の広場に市が立ちます。街の祭りや大きな行事は全部この広場で行われます」

国王と妃の行幸を歓迎する式典を行う、と日程上は記されていたが、二人の乗った馬車と物々しい護衛騎士たちが広場に到着した時には、既に街の一般市民が所狭しと広場に詰めかけていた。

説明を求めるハロルドの視線をよそに、ベルタはにこやかに都市の説明をする。彼らは、今はそのような観光案内を興味深く聞いていられる場合ではなかった。

「妃殿下……どのようにいたしましょう」

不安げな御者がベルタに直接助けを求めた。人が多すぎて馬車が進めないのだ。

「構わずゆっくり進みなさい。民は避け慣れていますから。中央の舞台のそばまで馬車で乗り上げて良いわ」

雑多に民が溢れかえる広場の先で、そこだけ穴を空けたように大きく開けた場所が見えた。

そちらにいる者たちは盛装をして礼儀正しく跪いている。この街の太守、カシャの一族だろう。

馬車の横を護衛する騎馬がいなければ、歓声を上げる民がこちらに伸ばす手が直接馬車に届いただろう。それくらいの熱気だった。

古代の闘技場もかくや、という賑わいを見せる広場に馬車ごと突入し、凄まじい喧騒に話し声すらかき消される。

彼ら一人一人の表情が笑顔なので歓迎されているのだろうが、何がなんだかわからない。

ハロルドは、国民からは常に一定の支持を受けている君主だ。王都の民からの人気も、歴代の王に比べて高いほうだ。だがこれほどの熱量を向けられたことはなかった。

これは、カシャ一族が代々築き上げた民との関係そのものだ。

古都市メセタのあり方は、その価値観に衝撃を与えるに十分な熱量を持ってその日国王ハロルドを迎え入れた。

カシャの姫、ベルタを妻とした男としてのハロルドをだ。


広場の中央付近に到着すると、自然と市民の声は遠く小さくなった。

中央に跪いていた一団は、こちらが近づくと一斉に立ち上がって顔を上げる。

一族の主だった者たちが一堂に会している上に、全員が王族とは初対面だ。ベルタはハロルドにそっと耳打ちした。

「中央の大柄で派手な男が父、その横の細身の女が第一夫人である母です」

彼女の端的な説明はありがたかったが、ハロルドは彼らに向けた顔に笑みを貼り付けるので精一杯だった。

長年中央を悩ませ続ける喰えない男、カシャの当主、ベルタの父。

もっと年齢のいった老獪な、いかにも金満然とした人物を想像していたというのに、実際のカシャの当主は役者と見紛うばかりの大柄な美丈夫だったのだ。

彼はその外見に相応しい、よく通る美しい声を芝居掛かった大仰さで発した。

「ようこそいらっしゃいました。第六代アウスタリア国王陛下。陛下は本日、御身のお出ましによって、またひとつこの国と我が都市の歴史を塗り替えられました」

決して大声を出すわけでもないのに、その声は周囲の空気を震わせて聞き入らせるような力があった。

「この素晴らしき晴れの日に、卑賤な風習にて恐縮にはございますが、当地風に民からの祝歌をもって歓迎に代えさせていただきたい」

「ああ。許す」

「ありがたき幸せ」

カシャの当主は恭しく首を垂れた後にゆっくりと身を起こし、そして片手を大きく振り上げた。

広場中に響く鐘が一度鳴り、集まった市民の大合唱が始まった。

民謡のような、素朴で美しい調べだ。とても今日のために練習したという様子ではない、自然発生的に誰もが歌えるような、この地方の人間ならば当然の歌なのだろう。

――さあ行こう　同胞たちよ　時はきた
空が割れるようだ。広場中の市民の大合唱が中央の舞台に向けられて発され、迫力が凄すぎて立っているだけで圧倒される。

——われら　誇りある民
——おお自由よ　命賭して守らん
広場の中央でカシャの一族は、慣れたように民と共に口ずさむ。
ハロルドは、ベルタまでもがおそらく無意識といった様子で体を揺らしたのを見た。
それは、数百年前に突如として始まった異教徒の侵攻、その長く凄惨な戦争の時代から歌い継がれている、平和を願う反戦歌だ。
のちに式典や婚儀、様々な場で聞かないことのない祝歌となっていく歌。南部の民の魂に刻まれた歌だと、この時まだハロルドは知らず、ただただ辺境の調べに聞き入った。

「……そなたは母親似だな」

通されたカシャの屋敷で、ハロルドはようやく一息つくことができた。

カシャの屋敷は街の中心部に程近い、小高く街全体を見渡せる立地に建っていた。外装こそ石造りの質素な雰囲気を感じさせたが、広々とした内部は贅が凝らされている。屋敷の中央をくり貫くようにして造られた中庭も、外観からは想像できなかった解放感を演出した。

ハロルドが大富豪カシャ一族に対して持っていた印象に違わない大邸宅だ。

静かな室内に移っても、市民の強烈な歌声が熱量そのまま耳に焼き付いて離れない。どこか祭りの後のような高揚感があった。

その後、国王の一行とカシャの一族は饗応(きょうおう)のため屋敷に移動したが、市民たちにはそのまま広場や市街で酒が振る舞われ、文字通りお祭り騒ぎになるという。こうした祝い事の日は料理の屋台も出て、カシャが都市の組合に資金を流している分格安で提供されると、道中ベルタが教えてくれた。

「よく言われます。母は、父に似ればよいと思っていたようですが」

カシャの当主は、事前の想像とは似ても似つかない。

知らなければベルタとあの男が親子だとは誰も思わないだろう。容姿の違いはさておき、華やかさで市民の心を摑(つか)むような指導者然としたあの男を動とするのなら、娘ベルタは完全なる静の姿だ。

彼女は自分からは決して目立とうとしない。けれど彼女に関わる誰もから認められ、この土地の人々に頼られている。

ハロルドの周囲の、王の腹心を担うような人材はたいてい有能なほど実力を誇示したがるものだ。その意味でもベルタは今までハロルドの周りには居なかった人間だった。

控えめで、けれど過不足のない動きをしてくれる存在のありがたさ。

それにしても、あの父親に育てられた総領姫がどうしてこのような仕上がりになるのか。

娘だから一歩下がっているように、と教育されたとは思えない。前王朝時代は伝統的に女王も立ってきたこの国で、彼女のあり方はむしろ女性為政者のそれのように見える。そもそもからして、ベルタが南部の一般像からだいぶ逸脱しているのだとハロルドはそろそろ気がつき始めていた。

南部ペトラ人は、照り付ける濃い太陽の下で息づく陽気な民族だ。その本来的な土地柄を考えれば、熱狂的な市民の大合唱も度肝を抜かれるほどではなかったはずだ。ハロルドや側近たちは、仮にも一番身近に接していたペトラ人がやたらと物静かな女だったために、土地柄を失念していたらしい。

いや、物静かだからと言って情熱的でないとは限らない。少なくとも彼女が息子ルイに、我が身を盾とするほどの愛情を傾けていることをハロルドは知っているではないか。

「……幾つだ、カシャどのは」

そしてもう一つ、ハロルドに強烈な違和感を与えたのは、カシャの当主のあまりの若々しさだった。

「四十の手前かと。私は父が十五の時の子ですから、そう考えると父と陛下はさほどお年が離れていませんね」

なんとも言えない微妙な気持ちになる。ベルタよりもその父親とのほうが歳が近いとは。

そして、近い世代のカシャ当主の子たちが、ベルタを筆頭に既にこれほど成長しているということに思い当たってしまう。

　ハロルドがマルグリットとの間に流産や死産を繰り返している間、この地ではきっと健康な子が山ほど産まれている。そうした多産家系の娘を妃として迎え入れたのだと実感すれば、彼女が王子を産んだことも必然の運命のように思われた。

「ルイは俺に似ているか？」

　ベルタはちょうど、先にこの屋敷に到着していた乳母の手からルイを受け取り、自身の膝に抱いているところだった。

「唇の形や髪の色や、ルイがそなたに似ている部分以外の特徴は、俺のものかと思っていたが。だがこうして会ってみるとそれもカシャからの形質かもしれないな」

　思いつくままに言うと彼女は少し変な顔をした。

「陛下は本日は口数が多うございますね」

「そうか？　疲れているのかもしれないな」

　ベルタは少し間を置いて、ルイの顔をハロルドの方に向けた。

「私から見れば目元などは陛下によく似ていますが、ご本人では意識しづらいかもしれませんね。わかりました、特別に教えて差し上げます。実はルイは、陛下と額の形がそっくりなんです」

　彼女はルイの柔らかそうな前髪をかき上げた。

彼の額の生え際は、きれいに山形になっていたが、ルイ本人はきょとんとしている。

ハロルドは納得すると同時に、首を傾げた。

「なぜ俺の額の形を知っているんだ？」

ベルタは呆れた顔をいつもの笑顔で隠したようだ。

「私は陛下の寝姿を拝見したことがございますから」

「それもそうか」

彼女がそれに言及してくることへの動揺を隠しつつハロルドは頷いた。

＊

移動続きで疲れが見えるルイを寝かしつけ、夕餉の時間までの間、ベルタは自身の私室だった部屋に足を向けた。清掃され隅々まで整えられた室内は、ベルタがここで暮らしていた頃に比べれば調度品が減って物寂しい。

元々長期の滞在を覚悟して輿入れの支度を整えたため、気に入りの家具や調度は全て、共に王都に持って行っていた。

「しばらくここにいる。あなたたちは下がっていいわ」

侍女はベルタの意図を察してすぐに下がっていった。何かと人目の多い旅程の中で、ベルタは久々に一人きりになった。

以前と変わりないような、けれど既に自分の部屋ではないような室内を闊歩し、彼女は窓辺へ寄った。高台にある屋敷の、総領姫の部屋からは、故郷の街が広く見下ろせる。

メセタは、王都の洗練された空気に比べれば雑多で騒々しい。

だが土地は肥沃で空の青も濃い、熱気に満ちた大好きな街だ。この街を離れてまだ二年しか経っていないベルタだが、懐かしく慕わしい空気に包まれて、自然と気が緩んだ。

王室に入ってすぐにルイを身ごもり、目まぐるしい日々を過ごしているうちにいつの間にか過ぎていた二年だ。

そのルイはまだ幼い。彼はこうして母の故郷を訪れたことを、成長すればきっと忘れてしまうだろう。

ルイが大きくなる頃にまたこうして帰ってくることができれば良い。ハロルドがこうして自ら南部に赴くように、融和政策に舵を切っていくとすれば、それも夢ではない。

ハロルドは融和派と保守派の対立激化を避け、自身の政治色を明言してはいない。

だが、彼の意思は明確に融和に傾いているように見受けられる。

この国が交易や、海の向こうの未開の領土開拓に乗り出して以来、南部都市群や港の重要性は増す一方だ。従来のようにただ辺境と一括りにして、間接支配に甘んじてくれる時期は過ぎ去りつつある。

王室や北方貴族に対して甚大な経済的優位性を保持しつつも、南部に常に一定の焦りが見えるのは理由があった。

彼我には明確な軍事力の差があった。

南部の民は従来からの王国の厳しい監視のもと、武力育成に大きく遅れを取っている。

最大の太守カシャ一族すら、都市防衛に必要な最低限の私兵や護衛兵を持つばかりだ。

もし仮に今、王国がその軍事力にものを言わせて南部都市を囲み、水平掃射でもすれば、戦局は一方的なものになる。大都市すらおそらく一ヶ月と保たない。

地形的有利はあるものの、百年前にはなかった火器や爆弾を使用して断崖を突破されたり、あるいは進歩した航行技術で海側から上陸されたりしたら。

つまり内乱の開始はそのまま、南部の敗北を意味している。

万が一そうした事態が起きたとして、黙って踏みつけにされる南部ペトラ人ではない。

(無論、そうなったとして、私たちは自由の民よ)

この地の民の歴史は血塗られている。

実際、海の向こうの砂漠の国から異教徒が侵略した時代には、似たような虐殺が起きた。

南部ペトラ人は奴隷のように扱われた時代を生きながらえてきた。本来は同じ民族であったはずの大河以北のペトラ人からは見捨てられ、その上、異教徒へ国土回復戦争を仕掛け内地から攻めて来た、北方貴族には踏みつけにされて。

その記憶と気高い誇りは、民の団結と、権力にまつろわぬ姿勢を生み出した。

結局、王国がどれだけ強大な軍事力を見せつけようと、南部の民の態度は数世紀前から変わりない。

彼らの心が折られることはない。ただ淡々と胸に憎悪を宿らせながら反撃し、王国軍が南部経済機構を全て破壊し尽くすまで内乱は終わらないだろう。

面積にして約三割、人口比では一説には国民の四割を超すと言われているだけの土地を、焦土と化す覚悟が王国にあるのならば、いつでも内乱の火蓋は切って落とされる。

ベルタは窓辺に体を寄せて、見渡せる限り遠景に視線を向けた。低い稜線のその向こうまで、この広大な土地全てが戦場になるような未来を想像するのは難しい。

幼い頃は今ほど盤石ではなかったカシャの家で、ベルタは荒事に全く無縁で育ったわけではなかったが、かと言って戦を知っていると豪語できるわけでもなかった。所詮、家中で守られて大切に育てられた娘で、その覚悟も想像力もたかが知れている。

「それを、私は。私が」

ベルタの今後の、あるいはこれまでの行動の何らかが、将来にその惨事を起こす引き金となってしまう可能性を思う。

もちろん代々の時の権力者たちも、その惨事にたどり着かないよう慎重に手を打ち続けてきた。実は南部の太守が王侯貴族に一族の娘を差し出すこと自体は、今回のベルタが初めてではない。

南部の文化には、長い異教徒支配の時代に入った一夫多妻の慣習が今も残っている。正式な妻とは言わずとも、王侯貴族と血縁関係を持つことで潜在的な対立の芽を絶つ目論見は伝統的にあった。

そのため、過去に王族とペトラ人の間に庶子が産まれた例もある。

しかし、ペトラ人の庶子が貴族社会でその地位を認められたことはなかった。ましてルイのように誕生直後から王子の称号を与えられることなど、たった数代前には考えられなかった。

(どちらかと言うと当代の急速な変わりようの方が特異だと思うけど)

カシャの父にしてみても今回の打診で、当初はベルタを出すことまでは考えていなかったようだ。

父は実の娘にすら全ての真意を悟らせるような下手は打たないが、南部の動きを主導しているのは父以外にはあり得ない。嫡女を国王陛下に、とまずは最大値で手札を切って、落としどころとしては傍流王族の誰かと、ベルタの異母妹あたりを娶わせる算段だったようだ。

しかし、結果を見れば明らかなように現国王は、そのまま当初の打診を呑んだ。しかもベルタに、王室の前例にない第二妃としての待遇を与えさえした。ベルタの仕事は当然、そこまでの譲歩の裏に何があるのか王都に赴いて探ることも含まれていると理解していた。

そして王宮でベルタが見たものは、嫁ぐ以前に想像していたような横暴な王侯貴族の姿ではなかった。

王国を支配するのは一部の青い血を持つ貴族だけで、ベルタのようなペトラ人の、しかも南部出身の女などは貴族社会ではまともに扱われないだろうと思っていた。

しかし蓋を開けてみれば、王国の治世の中枢は既に、名よりも実を取る土着の新興貴族に成り代わりつつある局面だった。

考えてみればカシャが叙爵をのらりくらりと躱し続けているだけで、南部の太守たちの中にはちらほらと叙爵されている家もある。

北方の内地系の貴族たちは爵位こそ高いものの、権威としては斜陽にあった。北方の近隣諸国との関係が時代が下るとともに疎遠になったのがその一因だろう。

北方大貴族たちの多数は、正妃マルグリットの派閥にしがみついてかろうじて権威を保っている状況だった。

国王は、正妃マルグリットを尊重することで北方諸国との外交的な衝突を避けつつ、一方で国内の豪族や南部の太守を正式に新興貴族として任じることで、内政の均衡を取ろうとしているようだった。

国王はまた、伝統的貴族と新興貴族との婚姻政策も活発に推進していた。後宮にもペトラ人を入れ、表向きは女官や侍女として出仕している側室はたくさんいる。一部では国教を捨ててまで好色に走ったと揶揄されることもある王だが、本人はその印象よりは遥かに理性的だ。

——国王、ハロルドは、時代の変化に自らの身を投じる覚悟を持った、板挟みにくたびれた孤独な王だった。

彼が中興の祖となるか、王国末期の愚王となるかは後世の評価を待つところだが、少なくともこの時代に前向きに対処しようとする気概がある君主が立ったことは僥倖だろう。

彼がこちらに牙を剝かない限りは南部も彼をそう評価する。

けれどベルタは、このような時代に、このような立場で生を受けたことを呪いたかった。

自らの生涯の主題すら、国家という大きな渦の中に絡めとられて、意思とは無関係に消費されていく。王族とはそういうものだと、彼らを見ているとわかるから。

「……やっぱり私には、向いてないわ」

二年でベルタは様々なことを知った。婚家で過ごした日々は彼女を少しだけ賢く、そしてたまらなく孤独にさせた。

「お妃さまはちょっと荷が重かったな」

こういう気持ちになるとどこかでわかっていたから、これだから故郷に帰るのは気が進まなかった。

ベルタは王妃になるべく育てられた娘ではない。いくら器用に取り繕っていてもボロが出てしまう。周囲が自分をどう評価しようと、自分は平凡な一領主の娘としての器でしかないことを知っている。

文化や価値観を同じくする相手と愛し合い、もっと穏やかに、産まれたように育ち、育ったように生きたかった。そうして生きてこの故郷の土に還るものだと、ベルタは父に呼び出されたあの日まで、疑ったことはなかったように思う。

そうではない未来が待ち受けていることを頭では理解していても、変化を受け入れることを心が拒んでいる。

だからベルタは、歴史の当事者たる王と、私人として向き合うことが少し怖いのかもしれなかった。

*

視察は順調に進み、日程は折り返しを過ぎた。カシャ一族は抜かりなく、ハロルドの一行を丁重にもてなした。

メセタの周囲の都市は放射状に点在しているため、基本的にはメセタに滞在しつつそれぞれの街へ足を運び、日帰りや一泊の滞在時間で短く見て回るものとなっている。

彼らは見せるべきところをよく理解して、面白おかしく自領を案内する能力に長けていたし、その一方でハロルドの視線や興味関心の向く先をある程度制限しているようでもあった。

国内の視察というよりは、外国への観光旅行のような様相を呈した旅ではあったが、それはそれとして概ね上手く運んでいた。

「メセタ太守ヴァレリオがちゃく男、クレトにございます。国王へいかにおはつにお目にかかります」

メセタにあるカシャ本家の邸宅に滞在している時分、ハロルドはその少年と引き合わせられた。溌剌とした可愛らしい少年は、ハロルドの前で少し緊張している様子だった。微笑ましさを誘われつつ、ハロルドは少年クレトを見つめるカシャ当主の優しい父親としての顔が気にかかっていた。

「クレト。陛下はおまえにとっては姉上の夫、つまり義兄上に当たる。あにうえと呼ばせていただいてもよろしいかお聞きしてごらんなさい」

クレトは素直に父の言葉を復唱した。

「はい。国王へいか、あにうえと呼ばせていただいても、よろしいでしょうか」

年齢にしてまだ七、八歳というところだろうか。ハロルドはこのくらいの年齢の子供とほとんど関わったことはないし、自身がこの年齢だった頃の記憶は遠のいて久しい。

「ああ。良いぞ。小さな義弟君」

「ありがとう存じます。あにうえ」

今はまだようやくよちよち歩きができるようになった程度の幼いルイも、きっとすぐにこのくらいの少年に育つのだろう。そう思うと、緊張している彼に優しく接してやりたい気持ちになる。

「クレト。ご挨拶が済んだから遊びに行って良いぞ」

「はい！　しつれいします、父上、あにうえ」

彼は小さな体で、重たそうな執務室の両扉を丁寧に閉めてから駆けて行った。しつけの行き届いた素直な少年だ。

「お手間を取らせて申し訳ありません。当家の嫡男を是非陛下のお目にかけようと思いまして」

「構わぬ。カシャの跡取りはすくすくと育っているのだな」

「歳がいってからの子なので、少々甘やかして育ててしまってお恥ずかしい限りです」

まだまだ若々しい当主がそう言うのは違和感があったが、妙齢の長女以下大きな子供がたくさんいる立場からすればそうした感覚なのかもしれない。

「第二妃殿下などをお育て申し上げていた頃は、私も妻も未熟で必死なものでしたが」

そのベルタは、一足先にメセタを出ているため既に姿がない。

なんでも次に視察に行く予定の港街に、最近異母妹が嫁いで行ったばかりらしく、異母妹と姉妹水入らずでゆっくり過ごすために別行動を願い出た。視察の全日程でほぼ行動を共にし、彼女の時間を拘束していたハロルドは、珍しいベルタからの申し出をもちろん許した。

「ベルタは弟妹にとても好かれているのだな」

当主は、娘とどことなく似た雰囲気の笑みを浮かべた。

「弟妹だけではありません。私の妻たちも妃殿下を頼みとしておりますし、一族の者は皆、妃殿下のご帰還をお待ちしておりました」

そして、それは市民もだ、とハロルドは思った。

特に南部に入ってからのベルタの姿は、王宮にあってほとんど宮から出ずに過ごしている彼女からは見えてこないものばかりだった。どちらが真実の姿であるかは考えるまでもない。

彼女は、周囲の人間に対して強く求心力を発揮する。その理由がなんであるのか、ハロルドは今まで積極的に知ろうとしてこなかった。彼女に興味を持つこと自体を避けていたのかもしれない。

ハロルドは今まで、人間関係で悩んだことがなかった。彼が産まれた段階から、少なくとも周囲の人間は彼を王位継承者と目していた。人というのは地位の上下によって立場が決まるもの、決まった立場でハロルドに接するものだった。そこに関係性に迷うという要素はなかった。

だが、前例のない第二妃という存在との接触は、ハロルドを常に悩ませ続けている。彼が選択した道は、彼に従来の考え方を貫くことを許さない。

「して、国王陛下。私にお話とは、どのような用件でございましょう」

当主は、その大柄な体軀を正面のハロルドに向け、声音を改めた。

南部大都市メセタは、今回の視察最大の目的地だった。

そして視察に伴うハロルドの目論見のうち、最重要のものの一つ。決して中央には出てこない、この南部の実力者に会うことだった。

「――単刀直入に言う。我が王家はカシャを、公爵の爵位をもって叙したいと考えている」

当主は目を見開いて黙り込んだが、その動作はやや大仰で、彼の真意は読めそうにない。

「ほう。従来、南部太守の中で伯爵以上の位を叙爵された家はありません」

「無論承知の上だ。だがカシャ一族の地力は他の南部太守を大きく引き離している。貴殿を国の政治機構の一員として迎えるのならばそれ相応の地位をもってしかるべきだ」

今まで、王家がいくら様子見の打診をしてみてもカシャが色良い返事を見せたことはなかった。

けれど王子ルイが誕生し、健康に育ちつつある現在において、南部の助力はますます欠かせないものとなっている。

「幼い王子には後ろ盾が必要だ。そして、王子を守り育てるベルタにも」

妃の地位を外戚によって加重し、ベルタが王宮で立ち回りやすいように周囲を整える。

形式上も高位貴族の娘となれば、王宮内で彼女も動きやすくなるだろう。

「カシャどの。どうか南部の指導者として、私の治世、そしてその後のルイの治世を共に支えてくれないだろうか。この国の内部からの瓦解を防ぐには貴殿の助力が必要だ」

当主は、しばし物思いをするように目を伏せて閉じ、腕を組んだ。

「――――なるほど」

彼の答えは単純明快だった。

「お断り申し上げる」

その返答が迷いすらなく鋭かったので、ハロルドは一瞬何を言われているかわからなかった。

「形骸的な爵位と引き換えに、南部は王家の直接的な支配を受け入れることとなる。その流れはもはや仕方ありません。しかし、当家を相手取って切り崩しにかかるには、陛下のなさりようはあまりに時期尚早でしたな」

「無論今すぐにという話ではない。ルイの成人や立太子まではまだ時間があるし」

「ああ、いや。私が申し上げているのはそういう意味ではありません」

当主が意志を覆すことはまずなさそうに思われた。彼は困った注文をする客を追い返す大店の商人のように、ハロルドを諭した。

「陛下。世の中には何事も本音と建前というものがございます。そして建前の前には必ず根回しがいる。……貴方が我が娘から真実信頼を勝ち得ているのなら、私はこの話をここで初めて、直接貴方の口から聞くようなことにはならなかったはずだ。なぜベルタをお使いにならなかったのです？」

当主は、娘に対して儀礼的な敬称を使うのをやめて端的に話し始める。

ベルタを使うという発想は、少なくとも王宮を出立する前のハロルドにはあり得なかった。だから当然、ベルタはこのことを知らない。

「事は国家のあり方を揺るがす一大事だ。妻とはいえ、直接政治に介入する立場ではない妃に話すことではなかった」

当主は顔を笑みの形に歪ませたが、彼の感情が良い方向に傾いていないことは明確だった。

「貴方は確かに、自ら王宮の外に出ていらっしゃるような前衛的な王だ。しかしそのやり方は旧来とそう変わりませんな。ご自身のお言葉、ご自身で動かれることの価値を過信しておられる」

彼は歌うように軽やかな口調でハロルドを刺した。

「我が娘を蔑ろにするなと申し上げたいところですが、いえ陛下。貴方のなさりようにむしろ感謝さえ覚えます。南部の女の溺れるほど深い情を、貴方が歯牙にもかけていないことが愉快でならない」

当主は必要以上に不躾な物言いをする。おそらく、そうすることでハロルドに揺さぶりをかけ、ハロルドの器を測っている。

「あの子のルイ王子への情だけは厄介ですが、王子だけならばまだやりようはある」

「どういうことだ？」

「当家をはじめとする南部太守が、ルイ王子登極のお味方をするとは限らないということです」

君主にしては弱い立場に立ってきたハロルドは、自分に対し敬意のない人間や、不躾な態度を取る人間との接し方も心得ている。

だが、彼の接し方はともかく、その内容自体はハロルドにとってショックなことだった。

伝統的な価値観の支配する王宮において、ルイの味方は少ないというのははじめからわかっていたことだ。だが、その一方で南部ならば、無条件でルイを受け入れる土台があるとどこかで期待していた。

今ここでカシャを身内に引き入れることは無理でも、方策くらいは考えて帰りたい。

「ならばカシャどの。私に教えてくれ。貴殿が王に望むものとはなんだ。貴殿の娘、ベルタと向き合うことか？　ベルタとルイのために、私が南部を優遇するようになることか？」

当主はしばらく黙った。その険のある顔は笑顔よりも如実に、娘ベルタと似たものだった。

「陛下はかわいそうなお方だ」

そして理路整然と話すベルタよりも、この男は次に何を言ってくるのか予想できない。

「貴方の志は立派です。しかし陛下の志には、人間性や、私欲による裏打ちが見えてこないのです。崇高な願いのために他の全てを投げ打つような人間は脆い。端的に言って、簡単に倒れそうな弱い王に賭ける気にはなれません」

南部の文脈で生きる男の言葉は、ハロルドにとって理解の範疇の外だった。

王たる者のあり方とはなんだ？

「王の私欲とは国を亡ぼすものだ」

「陛下はもう少し遊びを持って、型通りの勤勉さ以外を身につけられた方がいい。手足となって働く部下ではなく、志を同じく分かち合う相手と、人生の苦楽を共に歩まれてはいかがです？」

当主は、これで話は終わりと表すように、ハロルドに対し慇懃な礼をした。

「残りの視察の日程は、旅としても楽しまれるがよろしいでしょう。南部の土地柄が貴方の忙しい心中をお慰めすることを願います。お帰りになれば、もっと大変なことが待ち受けているのだから」

＊

ハロルドと父がメセタでやり合っている頃、一方のベルタは気楽な小旅行に出ていた。

向かう先は異母妹の嫁ぎ先、海上交易の要衝である港街ラマルタだ。

ルイのこともメセタの屋敷に置いて来た。移動の負担を考えなくて良い旅は身軽で、独身時代に返ったような気分だった。束の間の自由は彼女の心を自然と上向かせた。

「海よ。海を見るのは久しぶりね」

馬車の窓から大海原が見えた時、思わずベルタは窓から指をさした。

ラマルタは特に思い入れのある土地柄だし、潮風のねっとりと絡みつくような重ささえ懐かしい。

この思い入れのある土地に異母妹が嫁いでいたことは驚いたが、彼女に会えることは単純に嬉しかった。

万が一、この劇薬のような異母妹が王家に嫁いでいたらと思うと想像だけでぞっとさせるような子だが、それはそれとしてベルタにとっては可愛い妹の一人だった。何より彼女は、一番上の姉であるベルタに犬の子のように懐いている。

「妃殿下。あまり身を乗り出されますと、沿道からお姿が見えてしまいます。お気をつけください」

ただ、この楽しい時間に水を差す余計な護衛が一人べったりと付いていた。ベルタの視界を遮るように騎馬で並走しているのは、双子のもう片方のジョエルだ。

ジョエルを押し付けられた時は正直、なんの嫌がらせかと思ったが、彼は少なくとも自発的に問題を起こさないだけの最低限の職務意識は備えている。後宮を離れている妃の監視兼護衛としては忠実に役目を果たすだろう。

ただでさえハロルドの持ち駒は少ない。彼にもっと近しい侍従や側近たちは、主人と共にこの視察で見聞を広める必要があるだろうし、それを考えれば別行動の妃に人を割いている場合ではないというのも頷けた。

ベルタの異母妹、グラシエラはまるで生き別れた恋人と奇跡の再会をしたかのような熱量で、ベルタをラマルタ太守の館に迎え、片時もそばを離さないように姉妹で晩餐までの時間を共にした。

晩餐にはグラシエラの夫であるラマルタ新太守も合流し、三人で楽しい私的な時間を過ごした。明日にはハロルドを含めた王家の視察の一行がやって来て、彼らと町を見て回った後にベルタも帰ることになる。

「姉さまがいらしてくださって本当に良かった。二年前のお輿入れの時はバタバタしていて突然決まってしまったでしょう？　私はあの時ちょうど分家に出されて行儀見習いをしていて、お輿入れを知ったのも直前で、最後のご挨拶も叶わなかった。もしこのまま一生姉さまと会えなかったら、姉さまの嫁入りを決めた父さまを恨むところだったわ」

ただでさえ華のある容貌の異母妹は、食事の席でもベルタと目が合うたびに頬をほんのり赤らめてはにかむ様子を見せた。

「あなたの相手をするのはお父さまも大変だったでしょうね」

ベルタが想像するだに面倒な思いをしていると、グラシエラの夫のオラシオがげんなりした顔でしきりに頷いている。

「姫さまのご想像の通りだと思うぞ。グラシエラはまるで悲劇の主人公のように別離を嘆き悲しんだ」

ラマルタを継ぐことになったオラシオは、元はカシャの分家の出自で、ベルタのことは昔から姫さまと呼んでいた。

彼は、グラシエラのことは昔はどう呼んでいただろうか。ベルタの記憶の限り二人の接点はあまり思いつかなかった。

「それにしてもあなたたちが結婚していたことには驚いた。誰が働きかけた縁談だったの？」

新婚夫婦は、左右対称の鏡のように同じ動作で顔を見合わせた。

「……特に誰がというわけでは。なんとはなしにそういう流れになったというか」

「そうね。私もオラシオさまも縁談からあぶれたまま適齢期だったわ。何より姉さまに御(み)子(こ)がお産まれになって、しばらくこちらへお帰りになりそうになかったし」

グラシエラが危うく言い出しそうなことを、オラシオが止めた。

「グラシエラ。そういう話は今の姫さまの立場上相応(ふさわ)しくない」

彼女はあまりよくわかっていなそうな顔で頷いた。

ベルタは一日中、辛気臭い顔をして陰に控えている護衛を無視して過ごしていたが、無言の主張があまりに鬱陶(うっとう)しいので、さっさと今日中に片付けることにした。

一日の終わり、侍女に就寝前の茶を支度してもらっている間に、壁際にいる彼に話しかけた。

「何か私に言いたいことがあるなら三分だけ聞いてあげるわ」

ジョエルは言葉を選ぶように数拍迷った後、余計な前置きを止めて直球を投げてきた。

「どうかアンリが賜る処分を軽くしてくださいますよう、妃殿下にお願い申し上げます」

彼の双子のアンリは、今頃大河の向こうで謹慎しているだろう。こちらが視察中ということもあり、その処分は棚上げされている。

「それを決めるのは私ではない。というよりも、私がどうしてアンリ・オットーのために陛下に働きかけると思うの」

「ご無理は承知で申し上げております。妃殿下にかばっていただこうなどと厚顔なことは申しません、ただ、あのような事態でアンリの無礼を陛下が認識された以上、処分に際して妃殿下のご意向を酌まれることでしょう。お望みとあらばアンリは職を辞させ、二度と妃殿下のお目にはかからないよう当家で配慮いたします。ですからどうか、当家の爵位剝奪や本人を修道院へ送るようなご進言はご容赦くださいませんでしょうか」

三分で相手をするにはいささか重い話題だ。

そもそもからしてベルタは、なぜジョエルが尻拭いに奔走する羽目になっているのか疑問だった。

「アンリがあそこまで増長する前に、どうしてあなたが止めなかったの？」

あまりジョエルの主張には興味を持てなかったが、気になることはあったので会話は続けた。

「……アンリは確かに愚かですが、真実に国を憂い、我が国の古来のあり方や伝統を重んじる、真の貴族としての姿を彼は踏襲しています。陛下のなさりたい改革が陛下のご治世を破壊しないよう、恐れ多くも当代の評に傷がつかないよう、辛抱強く進言を重ねていくのが我ら貴族の役目。それを理解せず、安易に変化に乗るばかりの風見鶏こそが最も愚かな連中です」

ジョエルの背後に灰色の王宮が見えた気がして、楽しい旅行気分が少しだけ萎えた。
「ジョハンナ・シュルデのような恥知らずの連中こそ、貴族の風上にも置けません。家の隆盛にしか興味がなく、金のために簡単に尻尾を振って見せる。その変化の風がどこから吹いているか、己の行動が何に加担することになっているのか、考えもしておりません」

彼の言うように君主の横で理想を掲げて国のあり方を進言することも、一方でジョハンナのように、預かる民を飢えさせないために目先の利益を優先することも、どちらも貴族の職域ではあるだろう。
「そうね。彼女や彼女の家は。ただ、ジョハンナには子爵家の女主人としての、あなたと違う景色が見えている。まずは家を興さなければ預かる者たちを守ることができないと知っているの」

どちらが正しいという話でもない。その時点で彼らが何をすべきか、本人たちが考え続けていくような性質の問題だ。

そもそも、ジョエルはまずは大層な理想をいだく前に、自分の足元を見るべきだ。果たしてその夢を体現できる場所に己が立っているのか。彼の家や彼の父親が、貴族の派閥の中でどういう立ち位置にあるのかを理解していれば、どう考えても今の言葉は吐けない。

とはいえ、ベルタが彼に何かを言ったところで心には届かないだろう。無駄な論争をする気はなく、ベルタは会話を切り上げるために、とりあえず彼の弱点を突いた。

「賢いあなたならわかると思うけれど、人妻への不毛な恋はさっさと諦めたほうが賢明よ」

ジョエルは普段通りのすまし顔で取り繕うかと思ったが、意外にもぱっと顔を上げて一瞬後には頬を真っ赤に染めた。

生意気な年下を虐めている気分で、思っていたよりも強い反応にベルタは加虐心を刺激された。

「シュルデ子爵には会ったけど、あの二人は噂通りのおしどり夫婦だった。ジョハンナがただの幼馴染だった頃につかまえられなかったのが運の尽きね。どうせ小さい頃から素直に好意を示せなかったんでしょう」

「あ、貴女に、何がわかるんです！」

彼は本当に、結構苦しい恋をしているのかもしれない。そこまで重たい気持ちが実感としては理解できないベルタにとって、ジョエルの反応は新鮮だった。

ただ、わからないなりに訳知り顔で助言をした。

「あなたたちの教義では離縁は現実的ではないのだから、無謀な願いは持たない方が身のためよ」

ジョエルは第二妃ベルタ・カシャのことが苦手だった。

――王室の伝統に風穴を開けた第二妃。王室の高貴な血脈を破壊する毒婦。国王陛下を篭絡し、正妃殿下に牙を剝く魔女。一方で、粗野な南部統領の娘。ベルタ・カシャに関しては貴族社会では散々に言われているが、ジョエルはそれらの噂話よりも近しく彼女本人に接する立場にあった。実際に第二妃と接触し、その上で個人的な感情として、単に彼女が苦手だった。

何を言われても泰然としている。そこに存在し続けるだけで相手が位負けすると疑っていないような態度で、彼女は自分を額面通り悪しざまに罵る者たちを見透かしている。

そんな、いつも無表情を貼り付けたように厳しい顔をしている第二妃が、南部視察の間はよく笑うことにはジョエルも気がついていた。

特に、彼女が陛下と別行動となったラマルタへの先行視察は、第二妃が羽を伸ばしている様が護衛にも伝わってくる。

美しい異国情緒溢れる海辺の街並みに、かの黒髪で長身の妃の姿は驚くほどしっくりと馴染んだ。日差しを避けるローブのような衣装を潮風に靡かせながら、街の衛士に先導させて堂々と街を歩く姿は、普段王宮で物静かに暮らしている女とは思えない。

ラマルタは、白い街だった。

市街はどの民家も壁が必ず真白に塗られ、それが統一感のある景観を生み出している。眼下に見下ろす海は、雲一つない空と同じくらいに青く、白壁の合間から港町独特の雰囲気を覗かせた。

この辺境にどうして、まるで芸術品のような景色が広がっているのだろうか。

街の中心部には見たこともない建築様式の建物が乱立していた。海の向こうからもたらされたものだろう。砂漠の国に建つような建物も、大陸の最南端に近いこの土地柄なら風土に合うのかもしれない。

現地の教会はうっとりするほど繊細で瀟洒な美に溢れ、見る者を圧倒させた。幾何学模様のステンドグラスや天井装飾には思わず見とれ、ジョエルは首が痛くなった。

この地では戦乱の歴史に呑まれ、宗教が失われて久しい。敬虔な祈りを捧げる信徒を失った教会は、ただ静かに佇み、全盛期の面影をそのまま残すのみだ。

第二妃は教会から徒歩のまま、程近い太守館へと向かった。ジョエルは警備上の観点からは本来物申したかったが、彼女が完全に勝手知ったる様子で歩き出し、カシャから派遣された護衛たちも当然のように第二妃の周囲で連携を取ったので、結局何も言わずに後を追った。

太守館の門前では、彼女の異母妹だというグラシエラ姫が出迎えで立っているということだったが、それらしい人物は一行を視界に入れた途端全速力でこちらに駆け出してきた。

「──姉さま!!」

その勢いのまま一瞬の躊躇いもなく第二妃に飛びついたため、第二妃は背を大きくしならせる。

「姉さまのお越し、何より何よりお待ち申し上げておりました……!」

カシャの護衛たちが何もしないで耐えているのが不思議なほど、第二妃は押されている。異母妹もまた主家の姫だからだろうか。もしくはこの手のやり取りに慣れているのかもしれない。

そのグラシエラ姫は、意外なことに第二妃とは似ても似つかない容姿をしていた。

「……グラシエラ。久しぶりね、あなたも結婚したと聞いたから、もう少し落ち着いているかと思った」

「落ち着いていられましょうか！　姉さまのご帰省が決まってからというもの、わたくしが今日という日をどれだけ楽しみにしていたか、ご存じないのですね」

彼女は北方の血が入ったような優しい飴色の髪に、折れそうに華奢な腰つきの可憐な姫君だった。異母妹グラシエラは、夢見る乙女のような甘やかな顔で第二妃を見上げ、再会の喜びを全身で表現した。

第二妃はそんな妹を、特に感慨もなさそうな様子でいなしながら、腕を組まれて引かれるまま街での買い物や海辺の散歩に付き合っていた。

街の市民の中には、当然のように第二妃の顔を知っている者がいた。彼らは第二妃を姫さまと呼び、まるで彼女がずっとこの地に住んでいたかのように気さくに話しかけてきた。旅装の略式とはいえ、王家の妃としても遜色のない服装に身を包んだ彼女にだ。

市民は、翌日陛下がラマルタに到着され、第二妃と共に市街を視察する間も変わらず好意的だった。

一方で第二妃は、前日までは時折市民と軽口をかわすような気楽な態度だったのに対し、陛下の横では南部にあって常にそうしていたように、内務官か何かのように付き従っていた。

「なぜ家々の壁が白いんだ？」

「陽射しを反射して気温上昇を防ぐためです。この地方は陽射しが強く気温が高いので、家の中が暑くなりすぎないように分厚い壁を白く塗っています」

「へえ。予算はかからないのか？」

「石灰はそれほど高価ではありませんから……」

彼女は、就任したばかりらしいラマルタの新太守よりも街に詳しかった。

街の海上交易の成り立ちから、各地の拠点への物品の運搬にかかる日数、メセタへの街道整備による人口の増加等、書類を読み上げているのではないかと思うほど細かな知識が出てくる。

「もっとも、私が知るのはすべて二年前までの知識ですが」

第二妃は最後にそう付け加え、彼女が王宮でよくしている愛想笑いをした。

グラシエラとその夫であるラマルタ新太守は、陛下と第二妃の視察に付き従っていたが、陛下が全て質問を第二妃に投げかけ、第二妃がそれに答えられていたため彼らが口を挟む要素はなかった。

ただ、グラシエラは前日のように、常に熱っぽい視線で第二妃を追っていた。陛下に同行して今日到着した護衛や側近たちが、昨日のジョエルのようにグラシエラにぎょっとして対応に困っている。

第二妃はそんな異母妹に終始無反応を貫くし、グラシエラもまた、自分の態度に困惑する護衛のことなどは歯牙にもかけない様子だった。その一途さはいっそ不遜なほどで、彼女もまた南部大領主カシャ一族の姫君として、何不自由のない立場で育てられたのだろうと察せられた。

一通り街を見終え、夕暮れ時よりも少し早いような時間だったが、陛下を中心とした視察の一行はメセタへの帰途につく。

グラシエラは零れそうな大きな瞳をうっすら涙ぐませながら、王家の馬車の前に立った第二妃の両手を握りしめた。

「また会えるわ」

第二妃は本心からそう思っているというよりは、彼女を慰めるような口調でそう言い、優しい手付きで妹の肩を撫でた。温度差はあるが、彼女たちは確かに仲の良い姉妹ではあるのだろう。

「そう。……そうですわね。本当はもうお会いできないと思っていたけれど、こうして今、目の前に姉さまがいるもの。またそういう巡り合わせがあるはずだわ」

姉妹が別れを惜しむ間、周囲の人間はそれなりの時間待たされていたが、グラシエラがあまりに情感豊かに訴えるので中にはつられて目頭を熱くする者もいた。

そんな衆目の中、グラシエラは姉に笑いかけ、言った。

「小さい頃は姉さまが結婚なさるお相手と私も結婚して、ずっと一緒にいたいと思っていたわ。でも今は、姉さまが本当は結婚するはずだった方と結婚して、姉さまの暮らすはずだった街に住めるようになったのだもの。そういう未来もとても幸せよ」

この時ばかりは、第二妃は目に見えた焦りを表情に滲ませて、思わずといった様子でグラシエラの後ろに控えて青ざめている新太守、オラシオに視線を向けた。

第二妃と新太守の視線が、密かに苦々しく交わった。

ジョエルも、そしてもちろん陛下もその視線の動きに気がつかれただろう。

彼らの間に流れる決定的な沈黙は、過去に過ごした時間を余人に察させるに余りあるものだった。

＊

もちろん帰りの馬車はハロルドと一緒だった。

ベルタは未だかつてない気まずさを味わいながら、無言のハロルドの向かいでひたすら気を揉んでいた。

意図の読めない無言の相手との同乗はこんなに居心地が悪いのかと、ベルタは密かに視察前半の馬車での己の態度を自省するが、反省は後でいくらでもできる。今はもっと考えなければならないことがあった。

「陛下。よろしゅうございますか」

「ああ」

「愚妹が申したことは事実ではありません。私とラマルタ太守は婚約関係にあったわけでは。ただあちらが分家の出で、歳も近く、勝手に周囲にそう思われただけのことです」

北方諸国からもたらされた価値観ではおそらく、正式な婚約はほとんど婚姻と同義だ。一度婚約を破談にしたことのある娘と思われたら、今更どんな問題が起こるかわからない。

「なるほどな。幼い頃から共にあって、結婚が自然と思われるような仲だったということだろう」

言い訳が苦しいのは、その点はハロルドの理解が正しいからだ。事実ベルタ本人も、自分はこのままオラシオと結婚するのだろうと思って、物心ついてからの十代を過ごした。

もっと言えば、ルイが産まれてさえいなければ、ベルタはいつか後宮を辞して実家に出戻り、その時点で適当な分家の男と再婚することになっていただろう。そしてその有力な候補の一人は他でもないオラシオだった。

貴族文化の中では離縁になった娘がまともな扱いを受けられなくとも、もしカシャに帰されていれば、ベルタは別の価値観の中で人生を再開できた。

「周囲の大人たちが汲んでいたのは子供たちの関係性ではなく、嫡女である私を、よほどのことが起きない限り家から出さないという、父の強い意向です」

異母妹をラマルタ視察に同行させたのは悪手だった。彼女が、時と場合、そして人の都合というものを考えずに感情を爆発させるのはいつものことだが、ベルタは久しぶりに彼女に会って警戒心を鈍らせてしまっていたかもしれない。

おかげで後手にまわって見苦しい言い訳をする羽目になっている。普段から沈黙は金だと心得ているベルタにとっては苦手な展開だった。

「俺は何も言っていないぞ。わざわざ先行してラマルタへ一泊したそなたの行動を疑ってもいなければ、過去に何か決定的なことがあったとも思っていない」

ハロルドは、どちらかと言えばからかうような軽い口調で話していたが、楽しそうにしていて突然笑顔で刺してくる人間をよく知っているベルタは判断に困った。

「私がラマルタへの小旅行を願い出たのは、あの者に会うためではありません。むしろ異母妹との結婚を祝うためでした」

「だが、一族中から似たような誘いはいくつもあっただろう。そなたはその中で、あの男と異母妹を選んだ」

言うべきか言わないべきか悩んで、この期に及んで小細工は更に曲解を招くと腹をくった。

「陛下。人ではありませんわ。私の特別の思い入れは、あの街そのものにございます。ラマルタは本来私が相続するはずの街でした」

「……太守としてか」

「相続の形の如何(いかん)までは、決められておりませんでしたが。ラマルタは海上交易の要衝、加えて、異教徒との複雑な歴史の根ざす街です。現地に融和して大陸に残った異教徒の文化も色濃い。カシャの長子たる私が継ぐべき、難しい街でした」

そして、ベルタの生母であるカシャの第一夫人とも縁の深い街だ。だが、そもそも南部の太守たちの縁戚(えんせき)関係や相続の慣習を知らないハロルドにそこまで説明する必要はないかと、ベルタは口を止めた。

「そなたが担うはずだった役割を、あの男や、ましてやそなたの異母妹が担うことができるのか？　少々力不足ではないか」

　ハロルドの興味は何やら明後日(あさって)の方向に移ったようだ。

「オラシオは元々父に見込まれておりましたし、ああ見えてグラシエラも情緒にいささか問題があるだけでそれなりに出来の良い妹です。今回は二人とも、私が陛下をご案内していたので遠慮しておりましたが」

　そうだ。かの土地は、既にベルタの手を離れている。

「……今回、ここを訪れることが叶(かな)ってよろしゅうございました。あの二人が今後とも手を取り合って、ラマルタを守る要(かなめ)となるのだと実感し、安堵(あんど)いたしました」

　思いもかけず感傷的なことを口にしてしまい、ベルタは、らしくない己を自覚した。

　もうベルタがこの地を継ぐ日は来ないし、ベルタが特別何かをせずとも彼らの日常は穏やかに、変わらず回っていく。

　街から遠ざかる、ハロルドと乗ったこの王家の馬車の中にだけ、ベルタの未来はあるのだ。

正直に言えばハロルドは、ベルタと婚約状態にあったというあのオラシオとかいう男に対して特に思うところがあったわけではない。

もし王家に来ていなければ、確かにベルタはきっとこの地で結婚してあの男とあの街で暮らしていたのだろう。そう知ったところで、そういう日は来なかったことは明白であるので、つまりハロルドにとって別のあり得たかもしれない未来は関心の外だった。

ただ、珍しく目に見えて狼狽(ろうばい)しているベルタの様子が普段とは違い、年相応の娘らしさが垣間(かいま)見えた気がして、なんとなくつついていただけだった。

「そなたはあの男と結婚したかったか？」

しかし、会話の弾みでつい聞いてしまったことは、言うそばから言い過ぎだと気がついた。そうだと答えられたとして、ハロルドがベルタにしてやれることは何もなかったからだ。

彼女の意思を聞き入れることもできず、意に染まないことと知ってしまった状態でも、ハロルドは彼女を王宮に連れ帰ることになる。そしてこれから共に時間を過ごしていくことになるのか。

考えてみればハロルドは、自分がベルタにどう思われているか知らなかった。

息子ルイを巡る一件のせいで、彼女に嫌われ抜いたことは自覚していたが、ベルタの対応はいつも事務的で筋道立ったものだった。彼女の個人的な好悪の情を認識したことはない。

夫として、一人の男として、もし生理的に嫌悪されていたら立ち直れない気がする。こちらから聞いてしまっておいて勝手なのはわかっているが、あまり具体的に答えてほしくない。

ハロルドが墓穴を掘って勝手に焦り始めた間、ベルタは先程まで口数が多かったのとは打って変わって、少し悩むような素振りで俯いた。

「誰と結婚したいとか、したくないだとか、直接的に考えることはありませんでした」

膝の上で行儀よく並べられた手が動き、その両手の指が絡まった。

馬車の窓から射す夕日がわずかに、彼女の物憂げな横顔を照らす。そうでなくとも言葉に迷うベルタはあまり見たことがなく、ハロルドは彼女から意識を逸らせなくなっていた。

「婚姻は、カシャの家に産まれた責務のためにするものでした。嫁いだ先で求められた働きをすることで、責務を果たすためのものです。……そして、以前の私は、己が果たすべき責務はこのラマルタにあると考えておりました」

つまり彼女本人も、オラシオとの婚約を受け入れていた。

あのオラシオという男はどうだろうか。幼い頃からベルタと接し、この土地の多くの人間のように、彼女に対して好感を持たないことなどあり得るだろうか。

「陛下の後宮に入った直後も、正直に申し上げれば私の心は故郷にありました。けれど王家に嫁ぎ、思いもかけずルイを授かりました。カシャの家から出なければ、絶対に産まれなかった子です」

ルイの誕生によって、その父と母は大きく運命を変えた。

ハロルドにとって、たった一人の我が子に次代の王位を引き継がせることが王としての至上命題となった。

そしてベルタは、ある意味ではルイの母親として生きる以外の道を閉ざされた。前例のない第二妃という椅子に縛り付けられ、選択肢を奪われた状態で、我が子への情を質に取られ続けている。

「ルイのことを、将来を考えると、胸が締めつけられるように痛みます。けれど私は私の生涯に、あの子がいなければ良かったとはきっと一度も思いません。王宮であの子を孤独にしないための人生に、私は納得します」

彼女の声は少し霞んでいた。

ベルタは生家と我が子のために、柔軟に環境に順応しようとしている。産まれた時から政治的な意図でもって教育された人間が、変化を受け入れようとすることが如何に難しいか、ハロルドはよく知っている。

「ベルタ」

彼女を呼ぶハロルドの声も、霞んで小さいものになってしまった。

「はい」

「俺は、ルイを次の王にしたい。孤独な王ではなく、盤石な、日の沈まぬ大国の雄王に。あの子を愛しているんだ。そしてあの子に出会わせてくれた君には、感謝している」

親しい者に対する呼びかけを、ベルタに対して今までしたことがなかった。これで夫婦のふりをしているのだから笑ってしまう。

「実はカシャどのに叙爵の話を持ちかけて、断られた」

ハロルドは、自分の今回の視察での行動を簡単に話した。

ベルタは彼の話を全て聞き終えてから、ハロルドにひとつ助言をした。

「父が具体的に陛下に何を申し上げたかは存じませんが、父の話を全て真に受ける必要はありません。やたらと情感的な言葉選びで相手をけむに巻く、基本的には劇場型の人です」

あのカシャ当主の強い求心力が、実の娘に言わせればそうなるという事実にハロルドは面食らう。

「父を動かすのは簡単です。誠意はさほど重要ではありません。父は、実利があれば動きます」

「実利。実利か」

それが一番難しいが、結局のところそうなのだ。弱い王に賭けて泥をかぶる気はないと彼は言った。

つまりはハロルドの問題であって、今回望ましい成果が得られなかったからと言って方向性を諦める必要はない。

「わかった。ありがとう」

「礼に及ぶほどのことは申しておりません」

「それでも、カシャのことを話してくれるのは、自分の首を絞めることだろう」

カシャと王家が、共闘関係ならばまだしも、潜在的には対立の芽も残っている。ハロルドと当主の関係性において彼女がハロルドの立場で助言をくれるのは貴重なことのように思われた。

「私はカシャの娘であると同時に、王家の第二妃でもあるのですから」

ベルタは、微笑みとも自嘲とも取れる微妙な顔をした。

王家の一行はラマルタから戻って程なく、数日後には王都への帰途についた。

カシャ一族の屋敷の者たちは、ベルタはもちろんルイとの別れを殊更惜しんだ。両親が移動している間もルイはずっとメセタに留まっていたため、ちやほやと可愛がられていたらしい。

「それでは父上。お暇いたします」

「陛下、妃殿下の道中のご無事をお祈りいたしております」

ベルタとカシャ当主の別れ際の言上は、驚くほど簡素なものだった。

そういえばメセタについてからも、彼ら父娘が個人的な会話をしている場面をハロルドはほとんど見ていない。

もちろんハロルドが知らないだけで、二人で話し合うべきことは山ほどあっただろうが、彼らの間に流れる独特の雰囲気に、ハロルドはどういうわけか釈然としない思いを味わった。


帰りの道中は、行きよりもよほど穏やかで、問題らしい問題は起きなかった。

何かあったとすれば、一日悪天候が続いた日があって、晩秋の長雨に押し止められて夜までに予定の町へ到着できなかった日があったことくらいだろうか。

急遽その夜を明かすことになったのは、小さな農村だった。

村長はしきりに恐縮しながら自らの館を国王夫妻に提供してくれたが、部屋数が足りず、護衛のための兵士は当然入り切らない。兵士たちは小雨の降り続く中、村の内外で野営の支度をした。

ハロルドは侍従たちが主人の今晩の寝床を真剣に検分している間、手持ち無沙汰になった。うっかり目が合ってしまったベルタと話す会話も思いつかず、ふと、雨に濡れた彼女の髪が乱れて首筋に張り付いているのに気がついた。

「一緒に寝るか？」

「………………ばっ、！　馬鹿なこと言わないでください」

ハロルドがなんの気なしに言った言葉が、ベルタの脳内に届くまでに時間がかかったらしい。

ベルタは少しの間固まって、それから急速に沸騰した薬缶のように怒り出して普通に暴言を吐き、彼女とルイのために整えられた隣の部屋に消えていった。

ルイを抱いた乳母が目を白黒させてどう行動すべきか迷っていたようだったが、室内からすぐにベルタに呼ばれ、ハロルドにぺこりと会釈して去っていった。

もっとしみじみ嫌がられるか、冷静に断られるかと思っていたので、ハロルドこそ驚いた。

「陛下。悪趣味ですよ」

寝床の検分を終えていたらしい側近セルヒオは、わざとらしい神妙な顔で小言を言い出した。開けっ放しだった扉の前でやり取りを聞いていたらしい。

「妃殿下のお立場も考えて、そういうのは王宮に戻られてからにしてください」

「わかってるよ」

結局、次の朝には悪天候が嘘のように晴れて、以降の旅は日程通りに進んだ。

二ヶ月近い視察を終えて王宮に戻った頃には、王都は既に初冬に差し掛かっていた。
そして王宮の貴族たちは、ある一つの話題で持ち切りになっていた。

6

帰還した日、王宮は常と違ってどこか騒がしく、浮足立っている雰囲気だった。

王宮深部に向かって歩くベルタの隣にはハロルドがいたが、彼も同じような違和感を覚えているようで浮かない顔をしている。

不在にしていた国王が帰還し、多少は普段と違っていても不思議はないが、どうもそれだけではない雰囲気だ。ルイを連れて表の王宮にいる時間は気を張るため、ベルタはひとまず早く後宮に戻りたくて足を速めた。

もっとも、結論から言えば、疑問はすぐに解消された。

ハロルドの執務室付近の廊下で、保守派の貴族たちが待ち構えていたからだ。

「陛下。ご無事のお帰り何よりでございます。ひとつ、ご報告がございます」

王宮の人事に疎いベルタでも、全員の顔と名前が一致するくらいに、保守派の主だった面々が揃っていた。

「申せ」

「恐れながら、私めの口から申し伝えることが叶う幸運に打ち震えております」

その筆頭の一人である男は、いつも以上に勿体ぶった言い回しをしながら恭しく首を垂れた。

「――正妃殿下の元侍女であります、アドリアンヌさまがご懐妊あそばされました」

「それは、……」

ハロルドはとっさに口を開きかけたが、明確な言及を避けるように唐突に言葉を止めた。

ベルタはちらりと横を見て彼の顔をうかがう。

その表情から感情は読めず、まだこの報告を噛み砕いて驚きを表現する一歩手前といった様子だった。

彼の立場では、その知らせはどういう意味を持っているのだろうか。観察していても、すぐには真意はわかりそうにない。

自分もこの場で何か言うべきか迷うが、勝ち誇ったような顔でベルタを睨めつける保守派貴族の手前、彼女もまた言及を避けた。

「それでは、私は宮に戻りますので」

ベルタは居心地の悪い外朝をさっさと辞して自分の宮に引っ込むため、ハロルドに手短な辞去の挨拶をした。

「ああ。……長の公務ご苦労だった」

二ヶ月ぶりに戻ったベルタの宮は、冬の訪れが近くどこか寒々しかったが、留守居をしていた女官や侍女たちによって手入れは完璧だった。

「まあ、懐妊は狂言かと思われます」

「十中八九嘘でございましょう」

外部の人目がなくなる宮の奥、ベルタが私室に入るや否や、もちろん彼女たちの話題はその件だ。

女官たちのあまりに身も蓋もない物言いに、久しぶりに接してベルタは少し動揺した。二ヶ月もハロルドやその周囲の人間と常に行動を共にしていたので、持って回った言い方をする癖がついていた。

「件の侍女は今どうしているの？」

「正妃の派閥が囲い込んでおります。懐妊が判明してから一度も表には出てきておりません」

「正妃の宮に姿があるのは、アドリアンヌの顔を知っていた女官が確認いたしました」

その点は懐妊が事実か否かにかかわらず、正妃はそうするだろうと思われた。実際ベルタもルイを懐妊していた間は、「不慮の事故」を警戒して滅多なことでは宮から外に出なかった。

ベルタは外套を脱いだだけの服装で、外出着から着替えもせずに一度長椅子に座った。

落ち着いて聞くべき問題だった。

「それで、あなたたちが懐妊を嘘だと感じる根拠は」

「ベルタさまのご出産を介助した宮廷医師たちが解雇され、王宮内から姿を消しました。代わりに正妃の宮に詰めている医師に関しては調査させておりますが、どうやら正妃の生国あたりの出身のようです」

「外朝の動きもおかしいですわ。通常、妃の懐妊情報はかなり時差があってから表に出回ります。けれど今回は後宮内に噂が出るか出ないかのうちに、一気に広まりました。火付け役がいるはずです」

それに、これほど王宮内で広まっているのに、誰もハロルドに知らせる早馬を走らせなかったのはおかしい。先程の様子を見る限り、ハロルドも明らかにあの場で初めてそれを知ったようだった。

本来なら真っ先に王に伝えたい慶事のはずだ。ハロルド本人の介入すら防いで一気に王宮の大勢を摑もうとする派閥の仕業か。だが、ハロルドはそこまで王宮を野放しにして二ヶ月も不在にするだろうか。

ベルタが思案に暮れていると、一度城下の家に下がらせていた乳母ジョハンナが鼻息荒く登城してきた。二ヶ月ぶりの家族水入らずのために、二日ほど休暇を出していたのだが。

「ベルタさま。嘘にございました」

「ジョハンナ、落ち着いて」

この子は南部出身の侍女たちより更に、もの言いに遠慮がない。言質を取られるという感覚がないのだろうか。

一度落ち着かせたジョハンナから話を聞くには、彼女は留守居の女官たちが集めていたような情報と、そしてもう一つ新しい情報をもたらした。

「主導しているのは正妃さまというより、女官長スミュール伯爵夫人のようです。女官長の夫はいわゆる保守派貴族の急先鋒ですが、最近動きが激しいようで、当シュルデ家にはさすがにお声がけはないようですが、親族の中にはあちらの派閥から打診があった家もございました」

「女官長ね。ああ、そうか」

正妃マルグリットには既に、このような大規模な企みを主導する気力も、采配をとる能力もないかもしれない。一方で彼女に同情もし切れない。自身の派閥の者を抑えておけないのは、本人の責任に他ならない。

「アドリアンヌの懐妊自体が嘘か、それとも陛下の御子でない子を懐妊しているのかは定かではありませんが、少なくとも後ろ暗い意図があるのは明らかです」

「けれど事実が明らかだろうと、あちらの派閥の勢いが強すぎます。この後宮では正妃さまがそう言えば黒いものも白くなってしまいます。ましてや、陛下がこの問題にどう出られるか」

「ベルタさま。動かれるならば事態がこれ以上大きくなる前に、迅速になさるのがよろしいかと」

否(いや)が応にも大勢は動き出してしまっている。

これはベルタにとって予想外の事態だった。

どちらかと言えば、このまま緩やかな対立が続くと思っていた。少なくともルイがもう少し成長した後、立太子の問題が現実的になる頃までは衝突は起きないだろうとたかを括(くく)っていた。

「ベルタさま」

とうとうあちらが先手を打って来た。おそらく本当に、ここで一気に後継を巡る権力闘争はけりがつく。

正統ではない可能性の高い「王子」を立てる前に、あちらは紛(まご)う方なき直系であるルイを亡きものにしようと必ず動き出す。あるいは、その勢力の裏に他国が絡んでいるのなら、ハロルドにさえその矛先を向けるだろう。

その局面にあって、ベルタは一歩も踏み出すことができず立ち竦(すく)んだ。

「……静観。静観よ」

「姫さま?」

今は動けない。いや、ベルタは動かない。

ため息を隠し、彼女は女官たちに向かって視線を上げた。

「後宮官吏が公式に否定していないのならば、つまり陛下がアドリアンヌのもとに渡っていたのは事実なんでしょう。そもそも陛下がやらかしている可能性もある以上、決定的な瑕疵(かし)には欠ける。これを解決することができるのは陛下しかいないし、私の立場で吠(ほ)えたところで、正当性は主張し切れない」

そして、そうまでして王家のために動く義理がない。

ベルタには我が子ルイを王位に就ける必然性はない。むしろこの子がたった一人の王太子候補でなくなれば、ルイはもっと安全に、健やかに生きられるかもしれない。

いずれ臣籍に下り、王弟のような立場で爵位を賜って穏やかに暮らす。それがこの子にとっては、冷たい王座に就くよりはよほど幸福なことではないだろうか。

「ですが、ルイ王子の御身(おんみ)に危険が及びます」

「ルイの身を守ることまでが、私の役目よ。この子だけは絶対に守る」

ベルタは内心に抱えた真意を、この宮の中でさえ口に出すことはできなかった。

ベルタと命運を同じくしている南部ペトラ人侍女はまだいいが、王子誕生を機にこちらに付いた女官たちは、ルイの登極に賭(か)けた家の者たちだ。彼女たちに裏切りのきっかけを与えてしまわないよう、ベルタは、何も言うことができなかった。

　本当は、彼はアドリアンヌの懐妊を喜んでいるのではないかと思っている。ベルタとの子でさえ自分の実子は可愛いハロルドだ。正妻であるマルグリットの手元で産まれ、既存の文化の中で養育されるであろう子は、彼にとってはどれほど可愛いだろう。

　この宮の人間が懐妊を偽りと断じるのは、長年ハロルドにルイ以外の子がないことが大きな原因だろうが、それでも産まれる時には産まれるものだ。

　ハロルドは、真偽を確かめることから目を背けてわずかな可能性に縋るか、あるいは偽りの子と断じた上で、茶番に乗るか。

「陛下がどう出たとして、直接的にルイの身に危険が及ぶような愚かな選択はなさらないでしょう。陛下は我が子を、ルイを愛しているとおっしゃった。私は、その言葉にだけは嘘はないと信じる」

「……ベルタさまが直接動かれるのは、ルイ王子のために得策ではないとお考えなのですね？」

「そうよ。事実は事実としてそのうち自ずと明らかになる。無闇に動いて保守派の恨みを買う必要はない。私たちは、あちらが自分で自分の首を絞めていくのを、ただ守りを固めて眺めているの」

　ハロルドが自分で保守派に見切りを付けてこの問題を解決しようとするのなら、それはそれで構わない。ベルタにとっては何も起きず、ただ今まで通り、この王宮での日々が続くだけだ。

この日以来、第二妃ベルタもまた石のように動かず、王宮内に姿を見せることはなかった。

*

「アドリアンヌ。体はつらくない？　起きていて平気なの？」

「何か食べたいものはある？　なんでも用意させるわ」

「妊娠初期は体調を崩すでしょう。私も、ひどいつわりで起き上がれなかったもの。ああ、あなたも顔色がこんなに悪くなって」

「あなたのお腹から産まれる子はこの国の宝物よ」

正妃は、まるで気に入りの人形を手放さない子供のように一日中アドリアンヌの世話を焼いた。そんな正妃を囲む、正妃の宮の全ての人間も、すっかりアドリアンヌのことを「アドリアンヌさま」と呼んで気遣った。

正妃の宮の奥深くに置かれ、ここから一歩も外へ出るなと言われて、もうどのくらいの時間が経過しただろうか。

元侍女アドリアンヌは、正妃の生国から伴われた、北方貴族の血を引く娘だった。

アドリアンヌは、この国に来てからずっと正妃のそばにいた。つらい時が多かった主人の日々に寄り添って、アドリアンヌが主人のためにできることは少なかったが、彼女がアドリアンヌに求めたことはなんでも受け入れた。そう望まれれば、躊躇(ためら)いもなく彼女の夫に身を差し出した。

それが正しいことかどうかなど、主人の日々の安寧に比べたら、取るに足らない些事(さじ)だと思っていたけれど。

(私はどこで間違ったのかしら)

アドリアンヌの床の横では、女官長がそっと正妃の肩を抱いて気遣わしげにしている。

「マルグリットさま。マルグリットさまもどうか、お休みになってください。あまり根を詰めて看病されて、あなたさままで体調を崩されてはなりなせんわ」

年相応にしわがれた女官長の猫撫(ねこな)で声はひどく耳障りで、アドリアンヌはせめてもの抵抗で顔を背けた。

今や女官長はこの宮を我が物顔で歩くようになっていた。正妃が少しずつこのような状態になり始めてから、誰も女官長を止め切れる者はいなかった。そして、正妃が常軌を逸していくのをいいように助長しているのもまた、この女だとわかっていても、もうどうすることもできない。

「平気よ、スミュール伯爵夫人。アドリアンヌがつらそうだから、そばにいてあげたいの」

「マルグリットさまはまことにお優しいお方。きっと、お生まれになる王子さまとこの国を導く、良き嫡母、良き国母におなりでございましょう」

最初に、アドリアンヌが身ごもっているのではないかと正妃に伝えたのは、女官長だった。

二ヶ月ほど前、視察への出立前の時期に陛下は、正妃の機嫌を伺いにこの宮を訪れた。けれど正妃は、侍女アドリアンヌを供して自身は陛下とお会いにはならなかった。

たまに訪れる夫に会いもしないというのは、彼女がここ最近、特に余所に子を作られてからは普段からよく取る態度だった。

そういう時、彼女が陛下に無言の圧力をかけるために用意される侍女はアドリアンヌであることもあったし、他の腹心の侍女であることもあったが、ともかくその日はアドリアンヌの番だった。

アドリアンヌは確かに以前から陛下の愛人だが、あの夜には何もなかった。マルグリットはどうしているか、マルグリットに変調はないかと、陛下は一通り正妃の様子をアドリアンヌに確認してから帰られた。

けれどその事実を知っているのはアドリアンヌと、陛下ご本人だけだ。

事実が事実として伝わっていないのは、後宮の記録係の雑な仕事によるものか、あるいは女官長に抱き込まれてでもいるのか。アドリアンヌには与り知らぬことだ。

（もう、そんなことはどうでもいいわ）

『アドリアンヌ！　ああ、あなたが、そうなのね！……あなたが、私たちを救ってくれるのね』

全ての悪夢から解放されたようにアドリアンヌに笑いかけた正妃に対して、アドリアンヌは違うと、たった一言が言えなかった。

何も言えないでいる間に、実際的なことは全て女官長たちが整えた。アドリアンヌは偽りの証言をする必要もなく、用意された宮廷医師はアドリアンヌの「懐妊」を即座に診断し、その噂は火をつけたように王宮内に広められた。

そうしているうちにどんどん取り返しのつかないことになって、アドリアンヌは実際に、起き上がれなくなるほど体調に支障をきたした。

自身の罪がどれほど大それたものなのか、自覚している。

ましてや、女官長たちが企んでいることも。アドリアンヌの空の腹から出てくる予定になっている「王子」が、どこかで用意されているだろうことも。

そして、その全てが愚かな試みに過ぎないことも。

陛下が視察から戻られれば、どのみち全てが明るみに出る。そう思えばアドリアンヌはいっそ気が楽だった。愚かな者たちの企みが通ることはない。アドリアンヌは奸計の当事者として槍玉に挙げられることは不思議と怖くなかった。

(だって、あの方がこうまで追い詰められ悲しまれ、心を苛まれるような世界が、正しいものであるはずがない)

彼女にとっては、ただ、正妃の悪夢がまた続くことだけがひたすらに恐ろしかった。

「マルグリットさま……」

「なあに？　アドリアンヌ。なんでも言って？」

「……必ず、健康な王子を、産み参らせてご覧にいれますわ。貴女さまに、待望の、王子を」

正妃は一度、虚を突かれたような無表情を浮かべた後に、花が咲くように無邪気な笑顔を見せた。

「あなたとハロルドの子ならば、男の子でも女の子でもきっと可愛いわ」

後宮内は派閥同士が膠着状態に陥っている一方で、外朝は激震していた。

外朝にはもちろん、第二妃の宮の侍女たちのように明け透けな物言いをする者はいない。

包み隠さない本音の部分では疑わしいと考える者も多いだろうが、彼らには後宮女官たちのような、暗黙の了解による確信はなかった。

元々、国王の私的空間である後宮の情報は表にはあまり流れてこない。流れた情報は基本的に事実として扱われる。ましてやそれが正妃の筋からの話ならば尚更だ。

腐っても従来の最大派閥、ましてや正妃マルグリットを擁する保守派が全面的に、まだ産まれてもいない胎児の正統な王位継承権を主張している。

その前提条件の信憑性の問題は都合良く度外視され、議論の中心は王位継承問題にすり替えられていた。

「正妃殿下のご実子がお産まれになるのなら話は別だが、侍女の子なら庶子だろう。ならば年長のルイ王子の立太子が順当なのではないか」

「しかし、ルイ王子はペトラ人の血が混じった御子ですぞ。北方貴族の由緒正しい血統を受け継ぐ侍女腹の王子の方が高貴な出自となるのは間違いがなく」

「そもそもおかしいではないか。ルイ王子は庶子ではない、歴とした王妃殿下であられるカシャ妃の御子なのだから、侍女の産む庶子とは比べ物にならない」

「カシャ妃は王妃ではない。側室を王妃呼ばわりとは正妃殿下に失礼であろう」

「そなたこそ言葉を選べ！　第二妃という地位は王室法でも正式に王族に序列されている」

それぞれの立場が異なる以上、結論が出るはずもない。議論は激しさを増すばかりの堂々巡りなものだった。

「まあ、いっそここまで大胆にやれば、まさか虚偽とは思われないということだな」

雑音の多い外朝に比べ、国王やその周囲の最側近は冷静だった。

ハロルドは自身の執務室で、気心の知れた侍従や、新興貴族の諸侯の数人、保守派よりも現国王に賛同する稀有(けう)な古参貴族らと話し合っていた。

それぞれの年齢や地位に一貫性はないが、集まっているのはハロルドにとって腹心の臣下のようなものだ。つまり非公式な会議でありながら、実質的にはこの場が国家の意思決定の上流であった。誰もがそう自覚しているため、議事の進行も穏やかだ。

「愚かな一手と言えなくもありませんが、どの道このまま長期戦に持ち込めばルイ王子の立太子はほぼ既定路線でした。保守派は、実際は既に追い込まれて後がありませんでした」

「手を打つのなら今だと考えたのでしょう。王子はまだ幼く、生母も未(いま)だ外朝の大きな権力とは結びついておりません。一方で、先般の視察で陛下の意識が南に向いていることは奴らも察したでしょうし、今後南部太守が続々台頭すればカシャ妃の存在感は増すばかりです」

その南部太守の筆頭である、他でもないカシャ一族が台頭してくれる気がまるでなさそうだったのだが、ハロルドは腹心たちの議論に水を差すことになるので今はその話は控えた。今回の打診の結果が思わしくなかったことについては帰還後の会議で既に伝えてあることだった。

「――保守派が議論のすり替えを行って、外朝ではルイ王子の王族としての正統性の是非が盛んに取り沙汰されております。恐れながら、これに関する陛下の見解を伺いたく」

臣下の一人、古参派の諸侯であり、この場では最も位の高い貴族がそう言ってハロルドに体ごと視線を向けた。好々爺然としたその男は、ハロルドの父王の代を支えた重臣で、今は位人臣の第一線は退いていながらもその存在感は健在だ。

他の臣下もそれにならう形で体を向けた。

もっとも、ハロルドは既に彼らに対しては明確に意志を表明している。

一瞬目を閉じ、極めて簡潔に彼は述べた。

「ルイを王太子にするという当初の意志に変わりはない」

それが今回の問題において、何を意味することになるとしても。

「マルグリットの生国と裏で繋がっていることも、侍女の懐妊を偽証したことも、此度の保守派の行動は明らかに一線を越えている。だがその中でも最も愚かな思い上がりは、あまりに杜撰な王統の詐称だ」

好々爺は、無言のまま小さく相槌を打った。

「そう簡単に王の血筋を偽ることができるのなら、父王も私ももっと簡単に第一王子を得ていただろう。あるいは私は母上の実子として育ったかもしれないな。そもそも、仮に本気で倫理観を捨て、危険を承知で王子出生を偽装するとして、国家の最重要機密に他ならない問題だ。企ての根幹を他国の息のかかった者が主導している段階で破綻している」

臣下たちの表情を見れば、概ねハロルドの主張に同意していることは明らかだった。

「陛下がこの問題に対し、存外に冷静で助かりました」

代表した好々爺の言葉が彼らの総意だろう。

「陛下のおっしゃるように保守派の主張は議論に及ぶものではありません。我らが気にすべきはこの事態を収束させる方法と、保守派への対応の落としどころです」

もし彼にルイという存在がいなければ、この問題に関しハロルドはこうまで冷静でいられただろうか。

もし今もまだアドリアンヌと関係を持っていたとすれば、ハロルドもまた真実に期待をしたかもしれず、もしくは欺かれたことに激怒し、裏にある他国との外交問題の後先を考えず粛清していたかもしれない。

「保守派、特に首謀の数家にはある程度の対応が必要にございましょう」

「ですが、やり過ぎては今まで保守派を泳がせていた意味が。何より北の大国に、兵を挙げる格好の理由を与えてしまうことになります」

「さすがに今回は問題が大きすぎます。厳罰をもって臨まなければ示しがつかないかと存じます」

彼らが口には出さないまでも、ハロルドの決断を待っているのは理解している。

「わかっている。……マルグリットに関しても、そなたらの意見を言って良い」

許可を得た臣下たちは、重々しく口を開いた。

「恐れながら陛下。正妃殿下は、王家の女主人としてその血統を守り伝えるべき、その最大の責務について禁忌を犯されました。此度のことが妃殿下の主導でないにしろ、王の妃としての資質を問われるに充分なご失態です」

「正妃さまは前王時代の王太后さまのように、ご自身が派閥を主導され、政治的発言力を持たれる王妃さまではございません。それ自体はご本人の気質、また一つの王妃としてのあり方かとは存じます。しかし、そうであれば王宮の奥深く、外朝と結びつかずに暮らしてくだされば良いものを、傀儡として担ぎ出されてしまっては今後もこのような事態は繰り返されるかと」

ハロルドは、母である王太后のような働きをマルグリットに求めようとしたことは一度もなかった。彼女が政治的な力を得る必要もないと思っていた。象徴の王妃として、ただそこにあって穏やかに暮らし、彼女の人生の幸福を全うしてくれればそれで良かった。

それは事実、彼女が世継ぎの生母となって、ハロルドが保守派の暴走を食い止めていられれば叶った未来かもしれなかった。だが現実はここまで遠い。

「わかっている。マルグリットへの対応次第で、収束方法も落としどころも決まる」

今まで決断の機会はいくらでもあった。ハロルドはどこで決定的に間違えたのだろうか。

「陛下、正妃殿下へのご対応は、慎重に運ばれませ。手引きされて生国などへ抜けられては如何にも危のうございます」

「幸い、妃殿下に表立った罪はございません。ただ著しく王妃としての資質に欠けるとして、心身の病の療養を名目に退けられてはいかがでしょうか」

側近たちの意見を耳では聞きながら、ただマルグリットのことを考えた。

マルグリットと、きちんと向き合うことから目を背け続けてきた代償を、ハロルドは彼女に支払わせなければならなかった。

＊

陛下は、視察から戻った数日後から継続的に第二妃の宮に足を運んでいた。

彼が昼間に少しルイ王子の顔を見に来るのは、さほど珍しいことでもなかったが、今の外朝の状況を鑑みれば周囲の女官にとっては意外な事態だった。

特に、南方への視察の旅に同行していなかった女官たちは色々と想像を膨らませた。

彼女たちは二ヶ月の間、主不在の宮の留守を守って、ただでさえ不利な後宮で正妃派閥が押し込んでくるのをひたすら耐え忍んでいた。鬱憤を溜めたまま主の帰還を待ちわびていたのに、当のベルタは彼女たちの話を聞いてあっさり静観を決め込んでしまった。口には出さないまでもそれに拍子抜けしていたのだ。

「ジョハンナさん、視察の間に、もしや陛下とベルタさまに何かあったの？」

「何かって？」

大半の女官たちより年若い乳母ジョハンナは、王子の乳母という要職でありながら、この宮の者たちからはどこか末っ子のような扱いを受けている。

話しかけた時、多少彼女が会話に乗り気ではなさそうでも女官たちは気にしない。

「つまり、ご夫婦としての進展のような何かよ」

「視察の道中、お二人は幾晩もひとつ屋根の下で過ごされたのでしょう？　恋人同士でなくとも間違いが起きるような状況だわ、ましてお二人は神に許されたご夫婦なのだから」

ジョハンナは、一人だけ酔いが覚めているような白けた顔をした。

「お二人は道中で、移動の時間を長く同じ馬車で過ごされ、深い対話の時間を持たれました。これは今までになかったことよ。南部において陛下が、現地に通じたベルタさまを頼られて絆が深まったことは間違いがないわ」

固すぎる回答に、女官たちは躱されたと思ったらしく同じく白けた顔をするが、ジョハンナにしてみれば真摯に答えたつもりだった。

「あら、本当よ。むしろ安易に励まれて二人目が期待できるような状況より、ご夫婦の関係の進展としては実りある旅だったと私は思うわ」

「あなた結構すごいこと言っているわよ」

というより、ジョハンナはこの旅に同行してほぼ初めて、夫婦の個人的な対話を間近に見た。

ちょっとどうかと思うほど他人行儀で、最初は人目に遠慮してそうしているのかと疑ったほどだった。

しかし、日程が進むにつれて二人は次第に、普通に会話を重ねるようになっていったので、この人たち本気なのねとさすがに気がついた。

少し前までジョハンナ自身も、女官たちと同じ大いなる誤解をしていた。

――長年子宝に恵まれなかった王家の高貴な血筋だ。夫婦がルイ王子を得るまでには、お二人の大変な努力があったに違いない。……。

実際、ジョハンナがそう認識しているのも無理はなく、関係各所にとって予想外だった第一子懐妊までの事情は、後宮内でもあまり知られていなかった。

ジョハンナの、女官としてのキャリアの全てをかけてお世話するルイ王子が、まさか偶然の産物程度の扱いで産まれていたとは。これは確かに、彼女のように後々気がついた人間も大っぴらに話題にするようなことではないだろう。不都合には適度に耳目を塞いでおくものだ。

ましてや、当初の事情はどうであれ、結果としてルイ王子がとても愛情に恵まれて育っているのは明らかなのだから。

よくもまあ、上流階級の赤子がここまで生母に懐いたものだと思う。ベルタが自ら乳をやってまで育てているせいだろうか。だが、それもきっと理由の一つに過ぎない。

ルイ王子が泣いてむずがれば、彼女はずっと腕に抱いてあやしてやっていたし、王子が体調を崩せば、昼も夜もなく付き添った。傍から見れば乳母の職務怠慢と取られても仕方のない状況だが、ベルタ本人は、母親は自分なのだからと気にもしていない。

もともとジョハンナは、子供にあまり懐かれるたちではなかったし、自らの子の母としての経歴も浅い。

ジョハンナは一人目の子を産んですぐに次の妊娠をしたし、二人目を産んだ直後からは仕官に向けて動き出している。特別な計らいによって、息子たちには定期的に会うことができているが、子育てをしているのは夫や姑だという感覚が強い。

要するに乳母として役に立っているのは乳が出ることくらいで、ルイ王子が一番懐いているのは生母だし、赤子をあやすのも南部出身の侍女たちのほうがよほど場数を踏んでいる。

『あなたを乳母に選んだのは私だし、人選は適切だったわ。ルイが赤子でいるのは一瞬のなる』

ことよ、あの子が大きくなって王宮で立ち回るようになれば、あなたの出番はもっと多く

　自分は全然役に立っていないと落ち込んだジョハンナに気がついて、ベルタは以前、彼女にそう言った。

　ジョハンナの主人は、乳母を単なる子守役としては捉えていなかった。むしろ乳母という特別な絆を持つ、ルイ王子付きの最古参の女官の一人として、ジョハンナが仕官を志願した当初に想定していたよりも重大な役を与えようとしていた。

　ジョハンナは主人の期待に応えなければならない。

　つまり、今ベルタが何やら大量に悩み事を抱えていることは察しているが、ジョハンナの役割は簡単なものだ。

　何があっても、ベルタが何を選択したとしてもルイ王子のそばにある。彼女と王子にとって、最も信頼の置ける臣下の一人となる。たとえ今後、ルイ王子の登極が叶わない流れになろうとも、それは腹心の臣下にとっては本質的な問題ではない。

　元々世渡りの素養のない夫や、そんな夫に甘い姑たちはジョハンナの女官としてのその態度を責めることはないだろう。その点、ジョハンナは愛する夫や、さしたる野心もない婚家に感謝している。

　視界の端では、全く話に乗ってこないジョハンナを無視して女官たちが噂話を進展させ

ていた。

「なあんだ、それじゃあ、正妃派閥の鼻を明かせるような事件は起きていないのね」

「ベルタさま、そりゃああの正妃さまと比べてしまえば美人とは言い難いかもしれないけれど、よく見れば整った目鼻立ちをしているし」

「細身だけど同性の私たちから見たって時々妙に色気があるわ」

「陛下も見る目ないわよね」

元々女官たちは、主人やお目付け役の目がない時は結構言いたい放題に言う。

彼女たちは、ベルタが気楽に構えていろと言った通りに、本当に外朝の様子など気にもかけずに呑気(のんき)なものだ。

だが、主人がそうしろと言うのだから、その反応こそが正しいのかもしれない。

ジョハンナは、帰りの道中の悪天候の日の話を持ち出した。

「それよ！　私たちはそういう話を聞きたかったの、ジョハンナさん」

「惜しいあと一歩じゃないの」

「他には？」

「さあ。私もずっとお二人に付き従っていたわけではありませんし。侍女の方々ならもっと何か知っているかも」

「聞きに行きましょう」

「そうしましょう」

きっと女官たちも全員が全員、ただはしゃいでいるというわけではない。一歩宮の外に目を向ければ、日に日に警護は物々しくなる。宮の使用人たちは統制され、外との連絡手段も制限されつつあった。

それでも、第二妃の宮はこの状況下にあって、有閑な後宮の日常という雰囲気を決して手放さなかった。

ハロルドが宮に来て、ルイの顔だけ見て帰るというような日々が続いていた。

実は視察から戻った当初、やはりと言うかなんと言うか、ルイは発熱して寝込んでしまった。その時期は宮の誰もが、国王の饗応どころではなかった。

幼児の発熱は珍しくないとはいえ、面会はベルタが拒否した。万が一ハロルドにうつしでもしたら問題が大きくなる。

当番の女官がハロルドに茶くらい出したと思うが、ベルタ自身もルイの看病にかかりきりでしばらく自室にすら戻っていなかったので、そのあたりは定かではない。後から聞いたら、彼は律儀にルイやベルタの様子を事細かに女官に確認してから帰っていたらしい。

ようやくルイの体調も落ち着いて主従が胸を撫で下ろす頃には、ハロルドが頻繁に宮に足を運んでくるというのが常態化していた。

「ルイが病を得たことは私の監督責任です。申し訳ありませんでした」

ベルタは、ハロルドを無視していたことの気まずさもあって一応殊勝に謝罪から入ったが、ハロルドは状況を理解しているらしく責めるようなことは言わなかった。

「いや。元はと言えば、置いては行けなかったとはいえ幼い子を王宮から連れ出したせいだろう。本復してくれて良かった。苦労をかける」

最近はよちよち歩きができるようになってきたルイに追いかけ回されて楽しそうにしたり、まだ大した意味をなさない幼児の喃語に適当な相槌を打ったり、ハロルドは、ルイが産まれた当初に比べれば随分接し方に慣れてきたようだった。

外に出れば騒がしいのは察していたが、ベルタは主観的にはルイの体調以外の心配ごとはないまま過ごしていた。

ハロルドも、政局に関わるような話は何もしてこなかった。

宮の警護状況や、特にルイの周りの人員配置について確認し、加重するよう取り計らっていくことはあった。

それは裏を返せば彼が王宮内で何か動いているということの証明だったが、ベルタは何も聞かなかったし、ハロルドもベルタに特別な動きを求めることはなかった。

そうした日々が続いて、冬も深まろうとしていたある日、ハロルドはいつも通りルイの部屋を訪れている時に唐突に人払いを要求した。

ちょうどルイがお昼寝の時間だったので、寝顔だけ見てすぐに帰っていくかと思っていたベルタは面食らった。

「ルイが目を覚ましたら呼ぶ」

乳母以下の女官たちは、ハロルドの指示にさっさと従っていなくなってしまい、ベルタは手持ち無沙汰にルイの掛布を撫でた。

女官たちが何かを期待しているのは正確に理解しているが、明らかにそういう類の話ではない。

ベルタの今の態度は、外朝となんら関わりを持たない第二妃として、額面通りに考えれば正しいものだ。

しかし、表面的な正しさを盾に取り、本来もっと動くべき人間が何もしない、そういう状況はベルタにとってひどく落ち着かない。

「ベルタ。保守派の貴族に気をつけてほしい」

「承知しております。ルイを、彼らに近づけさせはしません」

ハロルドは、ベルタが何もしないのをどう思っているのだろう。こちらが動かないことが彼にとっては都合が良いから黙っているのだろうか。

それとも彼は、妃が外朝の派閥に影響を及ぼして動くという事態を想定していないのかもしれない。少なくとも正妃の運用方法を考えるに、ハロルドが女と政を切り離して考えているだろうことは察せられる。

「ルイはもちろんだが。君も特に、スミュールとオットーには注意してほしい。奴らは国内では後がなく、しかし他国に血縁を辿って逃れる道がある。奴らの狙いが摑み切れず、今締め付けを強めている最中だ。追い詰められて何をして来るかわからない」

「スミュール伯爵家はわかりますが、オットーですか？　陛下が侍従を取られている家ではございませんか。……けれど、ああ、もしや監視の意味合いで」

ハロルドが保守派を切り捨てる前提で話していることへの動揺を隠しながら、ベルタは会話を続けた。

外朝の動きを見ていても、彼は大きく動く様子を見せておらず、その真意をベルタは今の今まで摑めていなかった。

「それもある。オットーは国内では地位こそ低いが、他国にある本家筋には力もあって保守派内では幅をきかせている。当主はともかく、跡取りがどこまで染まっているのか見たかったのと、人質としても押さえておきたかった」

その目論見の結果はベルタも知るところだろう。

彼ら、アンリとジョエルは国王への忠誠心だけは強い愚直な少年で、オットー子爵のように平然と他国と繋がるほど擦れてはいなかった。

保守派の考え方には染まり切って、侍従の中ではいささか浮いていたし、片方のアンリはそれに気がつかないほど周りが見えていなかったが。

「今はアンリ・オットーの謹慎を一時的に解き、子爵家に帰している。視察での一件を強く処罰するには時機が悪く、すまない」

「私に異存はありません。元々、あまり表立っては処罰しかねる問題でしたし」

本気で罪に問おうとすれば色々厄介だし、第二妃が国王の側近に軽んじられていることが大々的に明らかになるのも問題だ。

「アンリのことは承知しましたが、ジョエルのほうは今も陛下がそばに置かれているのですか？」

保守派と事を構えるつもりなら普通に危険ではないだろうかと思って聞く。あの少年が、父親に命じられたからと言ってハロルドを害するだとか、そこまで大それた行動を起こす想像はしにくいとはいえ。

「無論他に護衛がいないような場面では使わないがな。側近たちがうまくあしらっている」

そのあたりは、さすがに門外漢のベルタがこれ以上口を挟むことではないかと思われた。代わりにベルタは、真っ赤になって恋心を否定していたジョエルの顔を思い出していた。

「……ジョエルに、試しに生家を裏切らせてみてはいかがですか」

「あれが間諜として使えるか？」

「間諜ほどの働きは期待できなくとも、何も知らずおそばで呆けさせておくよりは役立ちましょう。うまくいけば駒として残しておくこともできます。そうでなくても、最低限保守派の動きをはかる物差し程度には使えるかと」

こちらの手の内を全て明かす必要はない。事実を匂わせれば正義感で自分から生家と揉めてくれるだろうし、本人は隠しているつもりで顔に出る。うまく扱う必要はあるが、扱いやすい相手ではある。

そのようなことをハロルドに伝えると、彼は少し考え込む様子を見せた。

「確かに、奴らの狙いに早いところ当たりを付けておきたいし、手は多いほうが良い」

大胆な一手に出た裏で、保守派は何を企てているのか。既にハロルドが侍女の懐妊に懐疑的な態度を示している中で、焦った様子もなく、ある種淡々と主張を曲げないのは確かに不気味だという。

「だがベルタ、いいのか？　ジョエルも君に散々な態度を取っただろう」

ベルタはきょとんとした。

「私は別に。いちいち気にしていたらきりがありません」

ベルタの反応に、ハロルドは少し困ったような顔をした。

「そうして不都合に耐えられてしまうと、視察での一件のように俺は、問題が起きるまで気がつかずに放置することになってしまう。君の環境を守るためにも言える範囲のことは言ってくれ」

まさか彼は、ベルタがこの王宮で色々な不都合に目をつぶって暮らしているのを、いちいち耐え難きを耐えていると思っているのだろうか。

それは無理がある。中傷をひとつひとつ真面目に取り合って問題と捉えていたら、この王宮内でベルタは早々に心労に押し潰されていただろう。

「陛下。お言葉を返すようですが、不都合を呑み込んで受け流さずには、私はこの後宮で生活することができません。恐れながら、旧国教徒の方々から見れば第二妃とは情婦と区別もつかぬ存在。ルイが、そもそも陛下の庶子であるとの言説も飛び交っているようですし、そのことは陛下もご存じのことと思います」

ベルタが基本的に沈黙を選択しているのは、ベルタの立場から何かを訴えようとすれば必然的に正妃の派閥に言及することになってしまうからだ。

それを考えれば、今この環境下でほぼ初めてプロスペロ教の教義について言及するのは、悪手でしかない気がしてきた。

だが今言えと言ってきたのは彼本人だ。視察に出る前のハロルドには通じなかったであろう話題でもある。

「陛下におかれましては、南部の文化における多妻制の意義をご理解くださっているという前提で申し上げております」

彼は少なくとも、王室法を書き換えて形式的にはベルタを妃として召し上げた。そして南部において父の妻たちが、等しくカシャの一族として扱われているのを見たはずだ。

ベルタは言葉を切って、ハロルドの表情をうかがった。彼はいつものように、多少の罪悪感にまみれた顔でベルタを見下ろしているだけかと思った。それでこの話は終わるだろうとも。

しかし、彼は無表情に近い思案顔だった。

「知識としてはあったし、理解しているつもりだった。理解し、その文化に乗ろうと試みて第二妃として君を入れた。……だが、確かに当初想定していたより王宮内の反発は緩まなかったな。産まれてしまった王子の正統性を否定したい層と、教会が結びついてしまったのが予想外か」

彼が個人としての自らを切り離すように話す姿を、ベルタはあまり見たことがなかった。

国王という立場から、第二妃の存在をはかるハロルド。目の前の妃のことは視野の外に、どうやら政の次元の話に切り替わったらしい。

「だが、そもそも利用しておいてなんだが、多妻制自体に疑問は残る。それ自体、元は異教徒の文化であって、ペトラ人固有のものではないだろう。大局的に見れば今後南部でも廃れていく風習ではないのか」

今更それを言うか。それは第二妃を正式に側室に格下げするという仄めかしだろうか。

とはいえ、今はそういう感想を求められているのではないとわかっていたので、ベルタはその問題について自身の見解を述べた。

「潮流までは、存じませんが。少なくとも父は、妹たちの婿には一対一の結婚しか許しておりません。南部に異教の文化が残ったのは、戦乱で土地が荒れ、家財を守るため、家として生き残るためには一夫多妻制が都合が良かったからだとも言われています」

「必要に迫られて残った慣習というわけか。カシャどのが多くの妻を娶ったのも、若くして家督を継いだ立場の安定をはかるためだろうな。それにより、結果として南部の盟主としての地位を揺るぎないものとした」

「さようにございます。カシャの母たちは皆、南部の有力諸侯の娘です」

ベルタの父は本当に若くして、十五歳の頃には家督を継がざるを得ない状況に陥った。代々カシャは南部最大規模の一族ではあったが、父が家を継いだ当初は現在ほどの影響力を有してはいなかった。

それを押し上げたのはひとえに父の功績だ。そしてその大きな背景として、有力な妻たちとの婚姻を最大限利用した事実がある。

ハロルドもある意味、父と同様の方策を試みようとしたのかもしれない。

だが王室においては南部のような文化への理解が薄く、彼自身も複数の妻を使いこなせるほど器用ではなかった。何より彼自身がその精神の根幹に旧国教の教えを根ざしている。

この王宮で生きていくためには、ベルタは色々なものを諦めなければならない。彼女はそれに納得できる。そう故郷で決めてきた。

「ベルタ」

「……はい」

ハロルドが次に口にする言葉をベルタは予想したが、生憎今日はことごとく予想が外れる日のようだ。

「第二、という順位付けが良くないと思うんだ。第二妃の呼称を撤廃し、ただ『王妃』と、君のことを今後は誰もがそう呼ぶようにしたいと思う」

「は、」

反射で口を開きかけたものの、ベルタはその表情のまま固まった。

話の展開に置いていかれたベルタをよそに、ハロルドは淡々と言葉を続ける。

「そのためには今後根回しと、地ならしが必要だ。ひとまず件の侍女の問題が解決しないことには動けないが。マルグリットのこともある」

今の話題とハロルドが言い出した結論は、繋がっていただろうか。流れからして王家の多妻制を撤廃するという話ではなかったか。

固い無表情が彼を殊更に冷たく見せて、そんな男の目の前にいることに、唐突に不安になった。

「だからしばらく待っていてほしい。君はこの件に関して何もしなくていい。ただルイを守って、ここにいてほしい」

「……陛下は、正妃さまのこと、どうなさるおつもりですか」

彼はしばらく沈黙したのち、答えた。

「今は、マルグリットに今回の謀反の責を負わせる形で動いている」

耳に入った言葉が脳に届くまで、届いた言葉の意味を理解するまで、時の流れが止まったようにベルタは動けなかった。

嘘だと思った。あり得ない。ハロルドが、あの正妃を切り捨てる？

「あなたは、そんなことはなさらない方だと」

「致し方ない。今後も王妃の名を利用され続けては、国が揺れる。どういう形であれ、マルグリットは実権から遠ざける」

「なんてこと。そのために、お身内を……？」

ベルタは彼を、それなりに誠実な人だと思っていた。その誠実さがベルタには向かないだけで。

共に育ち、妻となった女を切り捨てる選択肢があり得るという事実は、ベルタにその根底から彼の人格を疑わせた。

たとえ次にすげ替えられるのが自分だとしても、嬉しいはずがあるだろうか。ベルタなど、彼にとっては正妃より更に躊躇いもなく使い潰せる存在だ。

「正妃さまは、陛下にとっては家族ではないのですか？」

血の気が引いているのを自覚した。冷えて震えそうな指で、眠るルイの掛布を掴む。

ルイを確かな王位に就けたいと、ハロルドが視察で話したことを思い出していた。

「ルイは。ルイを王にすることが、そこまで大切ですか」

ベルタは嫌だ。王とはそこまでしなければならないのか。そんな冷たい、孤独な玉座に、何より大切なこの子を向かわせなければならないのか。

「……あなたの、ご自分の幸せを投げ打ってまで、守り抜く玉座を、この子に与えたいですか。外朝の声はひとつの事実です。ペトラ人の、弱い王子などより、……この子の弟なり」

「ルイを次の王にする。その考えは変わらない。この子が、産まれるとわかった瞬間からだ」

ベルタは俯いていて、彼の表情は見えない。けれど、その声音は強いものだった。

ルイを抱きしめようと手を伸ばした。

ベルタの指先は冷えて温度をなくしていて、それに驚いたルイは起き抜けに弾かれたような泣き声を上げてしまった。

泣き声とルイの暴れる物音で、今にも女官たちが部屋に入って来るだろう。

「……また来る」

仕切り直してこれ以上ハロルドを問い詰める気にはなれなかった。ベルタは無言のまま、寝起きのルイに気を取られるふりをして彼を見送った。

そうして途方に暮れていた。

7

この時代、大陸の中枢部――王国から見た北方諸国は、度重なる戦乱や頻繁な天災により疲弊していた。

先の見えない戦争で国土を荒廃させた国もあれば、急激に中央集権化を押し進め、領土を拡大していく国もあった。痛みを伴う過渡期を経て、世界はどこかに向かおうとしている。

やがてその中から、新たな近代化の流れを掴み取る国が出現することになるのだが、その時代の到来にはこれから更に数世代を要する。この時代の今を生きる人々がそれを知る由もない。

混沌（こんとん）の時代を迎えた大陸はまだ、夜明け前の深い暗闇に突入したばかりだった。

「――大陸諸国の荒れように比べれば、大陸の南端に位置する当国アウスタリアはまだましなほうだな。我が国の最盛期はとうに過ぎ、国力は斜陽に差し掛かったとはいえ、往年の大国としての存在感はいまだ充分といったところか」

国主としてのハロルドの見解は、多分に自嘲（じちょう）を含みつつも大局的には的を射ていた。

統治体制に前時代の残滓(ざんし)を色濃く残しているが、他国内に見える動きや新たなイデオロギーの変化は、すぐそこにある脅威というわけでもない。つまりハロルドの当代においても、国体はどうにか小康状態を維持し続けていると言えた。

「外からは国内の課題は見えづらいものでしょうし、依然として諸国にとっては、我が国は金の卵を産む鶏であり続けているのでしょう」

ハロルドは執務室で一人、最側近でもある侍従セルヒオだけを相手に思案に暮れていた。

「我が国の軍事力に、真正面から挑む体力のある国は今はない。仕掛けてくるとすれば搦(から)め手だ」

考えなければならないことが膨大で、近頃のハロルドは悩み事が尽きなかった。

セルヒオは、彼の思考を邪魔しない程度の相槌(あいづち)を打ちながら静かに部屋に控えている。

ハロルドへの対応に慣れた、気心の知れた側近だった。

「だが、首謀者は誰だ？　スミュール一族とオットーの本家が関わっているのは間違いがないにしろ、肝心の黒幕がわからないことには狙いも把握し切れない。侍女アドリアンヌの身上も一応調べさせたが、生家はとうに没落した上縁も切れていた」

ことが、一貴族が企てる規模の浅いものなのか、それとももっと大惨事となる可能性を孕(はら)んでいるのか。

情報が入らないのは、本来同盟国であるはずのマルグリットの生国、ロートラントが、情報源としての機能を失っているからだ。

それどころか、裏で糸を引いているのがほぼ確実にかの国の人間なだけに、今やかつての友好国は立派な仮想敵国へと変貌(へんぼう)している。

「わからないな。いや、わかっているが。ロートラント現国王は俺の従兄(いとこ)だし、仮に我が国の直系が途絶えるような場合は、おそらくあちらの王族も継承権を主張してくる」

そもそもこの国の王統も、源流はかの国に由来している。何世代も前に国を分けて家系が枝分かれしているものの、王族同士の近親婚が繰り返されたため、血筋は近く濃い。

ロートラントや、その影響力を受ける形で発展したプロスペロ教会は、未(いま)だにハロルド自身のことを公文書では正統な国王と認めていない。正統な王族がいないとする主張を残した方があちらにとっては都合が良いからだ。

「だが、ルイが産まれたために、黙っていては向こうに王位が転がる芽はほとんど消えた。あるいは国の中枢部が能動的に動いて来る可能性すらあり得る」

ハロルドは机に広げたままの地図に目を落とした。

現代の勢力図では、かの国と直接は国境を接していないことが、まだ幸いと言えるだろうか。即時に物理的な衝突が起きる可能性は低い。

「難儀ですね。まあ、戦争よりも婚姻で領土を拡大してきた家ですからね。血筋で家督を争うのはお家芸ですか」

セルヒオが軽口を挟んできたが、慣れているのでハロルドも気にしない。

「どうだかな。厄介なのは、向こうには無能もいれば知謀家もいることだ。敵を見誤ると足をすくわれる」

「ああ。かの国の王は無能王の二つ名をほしいままにしておられますしね」

ロートラント王。マルグリットの長兄、ハロルドにとっては義兄であり従兄にも当たる男だが、世代も一回り離れているため特に交流はない。時折手紙のやり取りや、各国からの噂話が届く程度だ。断片的な情報のみでも愚王と断じて余りある男ではあるが。

「知謀家は誰を想定しておられますか？」

「最大値を想定すれば向こうの宰相だろう」

王が無能でも国は滅ばない。長く続く王朝は土台が固められている。

「こういう展開になってしまった以上、アドリアンヌの腹の子が、陛下の御子である可能性が潰れているのはせめてもの幸いでございました。事実ではなく全てが策謀ありきだと断定できます」

「ああ。だが、記録係を抱き込まれて証明する手立てを失ったのは痛い」

この手の話は、疑惑がかかった瞬間に反証する手段が極端に限られる。言葉を尽くしたところで、丁寧な言い訳を重ねているように思われるのが関の山だった。

それを考えれば、あちらもそれなりに用意周到だ。やはり今回の件を楽観視できる要素は少ないと、ハロルドは断じる。

「……マルグリットを生国に帰してやるわけにはいかないな」

既に仮想敵国となった国に、その身柄を渡すことには危険が伴う。あの国でマルグリットが、今度はどんな旗印に使われるかわからない。

ハロルドは視察から戻って一度も、彼女に会っていなかった。彼自身の暗殺も気にかけなければならない以上、保守派の手が回っている正妃の宮に足を踏み入れるのは躊躇われた。

マルグリットは今、どんな顔をしているだろう。

きっと、最後の死産の後に、彼女の手を放すべきだった。しかしハロルドのために自ら死を選ぼうとさえした妻に、あの時何ができただろう。近くに留めて寄り添い、マルグリットが前を向けるまで支えようと決めた時は、まだ彼女と心が通じていると思えた。

ハロルドはあの時既に、彼女とは異なる道を進む決意をしていたのに、それが彼女との別離だと気がつかなかった。気がつこうとしなかった。

「……ベルタに怒られた。俺を、そんなことをする男だと思わなかったと」

彼女の顔に浮かんだ、深い失望と焦燥には覚えがあった。産まれたばかりのルイを抱えてハロルドに強い拒絶を見せた時も、彼女は同じ顔をした。

普段は無表情のベルタが見せる激しい感情の波は、ハロルドを不安にさせる。自分がしようとしているのではないかと自問させられる。

それでも、既に間違いを正せる段階を過ぎてしまっているハロルドは、過去に犯した失態の清算から、更に逃げるわけにはいかなかった。

ベルタの名を聞いた侍従は居住まいを正した。

「陛下。カシャ妃に関する定期報告をしてもよろしいですか？」

「ああ」

彼女と揉めてからすっかり足が遠のいてしまっていたが、代わりに監視の目は強化させていた。

「引き続き宮に籠もられ、目立った動きは見られません。王子の体調が安定した後も妃殿下は王子に付き添われているようですし、警護の加重に警戒する様子も見せておりません」

「……南部と連絡を取るような様子は？」

「ありませんね。王宮に戻られてから妃殿下は筆さえとられておりません。普段はおそらく、外出させる侍女に手紙を持たせる方法で私信を出しているのでしょうが、宮の全使用人への監視を強化している現状ではそれも可能性として薄いかと」

実は、今回の件で鍵を握るのは保守派よりもむしろ南部の出方であった。

「本当にベルタは何もしていないのか？　我々の目を掻い潜る手段の一つや二つ、あれは隠し持っていて不思議はない」

ハロルドにとって最悪の展開は、北方諸国との問題に人的資源を割いている間に、南部までもが問題を起こしてくることだった。

特に最も警戒するのはベルタの動きだ。

たとえば彼女に、外朝の人間の手引きによってルイ共々南部へ逃れられたら。たとえば、ルイの療養、あるいは身の安全を名目としてでっち上げられてしまえば、正真正銘の外戚であるカシャ一族に対して強い手段は取りづらくなる。

王子が王宮内で育たないほうが都合が良いという人間は、派閥を問わず大勢いる。ベルタがその気になれば協力者には困らないだろうと思われた。

今は国内の北部に多く兵を割いているし、発覚が遅れて南部地域まで抜けられてしまうと厄介だ。

南部への挙兵は、歴史や地域性を考えると本当に最後の手段だった。南部の民が武力弾圧に対し、過剰に抵抗する性情を有しているのは王家側ももちろん認識している。

「遠くの北方諸国より、内憂の方が明確に脅威だ。……ルイを押さえられたとして、挙兵に踏み切れるか？　最悪の場合、そのまままたった一人の王位継承者が南部の外戚の手元で育つことさえ、許容することも視野に入れなければならなくなる」

ベルタの一般市民からの人気が高いことも、南部と事を構える上では障壁だ。挙兵に際してよほどの正当性を掲げない限り、こちらの兵の士気に影響が出る。

何より、そうした小競り合いの渦中に幼い王子を置いて、不慮に命を落とすというような事態さえあり得た。

「ましてやベルタには、ルイを王太子にする野心がない。カシャの真意は摑めないが」

「これはあくまで私見ですが、ベルタさまに関してはもう通常通りの監視で足りるのではないですか？」

ハロルドは、その日はじめて側近に視線を向けた。彼が業務中に個人的な意見を挟んでくることは非常に珍しかったからだ。

それより。

「なぜおまえがベルタを名で呼ぶんだ」

「ああ、申し訳ありません、気をつけます。妻がそう呼ぶものでつい」

セルヒオの妻は、ルイが産まれた時分にベルタの宮に送り込んだ女官の一人だった。

「妃殿下は確かに色々と思い悩まれているようですが、陛下が心配されるほど、王家を出し抜くという発想自体を持たれていないかと存じます」

「どういうことだ？」

彼がまるで、ベルタについてハロルドよりも理解しているかのように話してくるのが少し癇に障った。確かにセルヒオは、女官である妻から色々と話を聞いてもいるのだろうが。

「もし本気でルイ王子の廃嫡、南部亡命を狙うなら、順当に考えて実行前にそれを口にするのは悪手です。妃殿下は私情としてルイ王子の登極をお望みでないと、そう感じられたとして、口に出して言ってしまう程度には陛下のご意向に逆らうつもりはないのではないでしょうか」

　ハロルドは、ベルタのことがわからなかった。視察の道中で対話を重ね、それなりに理解し始めたと思ったところで、また一気に距離が空いたよう気がしている。

　理性的で物静かな、為政者となるべく育てられた娘。

　皮膚の一枚下には嵐のような、生のままの衝動が渦巻く南部の女。

「ベルタは王妃に向いていると思うか？」

　投げやりな気持ちになって、ハロルドは苛立ちを隠せないままセルヒオに問う。

　マルグリットを実質的には廃する流れの中で、本人の資質にかかわらずベルタがその座に就くことは既定路線だった。これまで、彼女はその立場に相応しい振る舞いをすると思っていたし、重用することで彼女を王家に取り込む目論見もあった。

　敵対すれば小賢しく厄介な娘だが、引き入れてハロルドがうまく扱うことができれば、力強い味方になるだろうと。

「ええ」

　セルヒオは特に何も考えていないかのような様子で即答した。

「おまえは感情的なベルタと接していないからそう言う」

「遠くの臣下からこそ見えるものもございます。少なくとも今回のことで妃殿下は、お立場に相応しい行動以外をとられておりません」

なぜセルヒオがベルタに肩入れするのかわからない。

この優秀で合理性を愛する側近が、口や態度に出さないまでも正妃マルグリットを内心では毛嫌いしていることを、ハロルドは薄々察していた。マルグリットそのものをと言うよりは、彼女を御しきれず振り回されるハロルドの不甲斐なさを。

「陛下こそ逆に見失っておられませんか？　王妃とは、仮想敵でも有用な臣下のことでもなく、貴方の妻として王族になる女性のことですよ」

「臣下ではなく王族なのだから尚更、彼女に求めることも多くなるのではないか」

「多くを求めるのは自由ですが、陛下は少々、妃殿下に対して理想を押し付けすぎているように感じます。正妃を廃してまで押し上げてやる妃だからと、完璧以外は許しませんか。妃殿下が何も考えを持たず、ご自身に追随するようになることをお望みですか？」

売り言葉に買い言葉で返答をすべきではない。ハロルドは、何か言いたくなるのをぐっと堪えて黙り込んだ。

「差し出たことを申し上げました。ご無礼をお許しください」

丁寧に謝罪をしながらも、彼は言い切ったことに後悔はなさそうだった。

振り上げた拳を下ろすのは難しい。ハロルドは会話を放棄し、手振りだけで側近を追い払う。セルヒオはさすがに少し青ざめた顔をしたまま下がっていった。

不興を買う危険を冒してまで苦言を呈してくる側近は貴重だ。だが付き合いの長い彼をしてここまで言わせるのは、本当に久々のことだった。そして不愉快な指摘は大概、痛いところを突いている。

「王妃にしてやると」

その座を与える者に、必要以上に手を焼かされるのは御免だ。大きな権限の付き纏う椅子なのだから当然慎重にもなる。

だが確かに、過去のマルグリットには散々許容してきたことだ。ベルタに対してはわずかな瑕疵さえ許さないという態度に、正しさはあるか。彼女の個性を認めず、その座に押し込めたいわけではなかったが、だからと言ってどうすれば良いのかはわからなかった。

ハロルドは元より、自身の妻でもあり王妃でもある女との関わり方を間違えた男だ。

＊

「ルイ、おそとはだめよ」

「あぅぶー！」

活発に動くようになってきたルイは、凍てつく外気を物ともせずに宮の庭に出て遊ぼうとして、よく衛兵に止められていた。

「恐れ入りますが、室内にお戻りくださいませ」

宮の警護に増員された衛兵たちは、そんなルイには多少遠慮がちに、ベルタには極めて単調に接した。ハロルドが訪れなくなってからというもの、彼らは日に日に緊張感を高めているようだった。

一方でベルタの日々は変わりない。問題が外朝に波及して大きくなり過ぎている以上、当初から能動的に動かず蚊帳の外に置かれたままのベルタが今更、第二妃としてできることは何もなかった。すべきでもなかった。

ハロルドに対して、強く感じる反発は胸の内だけに留めて、ベルタはしばらく彼に会いたくもなかった。

──冷たい玉座に身を置き続けて、君主として背負った厳しい正義がやがて、彼個人という人格すら蝕んでいくとしても。王は生涯そこから降りることはない。

君主としては全くもって正しい。正しすぎて嫌になる。愚直に正義を守り抜いた先に、最後はその手元に何が残るというのだろう。

「お母さまとここにいましょうね」

「かぁ」

「うん」

「かぁか」

ベルタは、本格的に到来した冬の寒さを気にして、ルイをころころに着ぶくれさせたり、暖炉の前で彼の手足を温めたりと、せっせと世話を焼いた。

王都育ちの女官たちは、そんなベルタの様子に多少呆れて苦笑交じりに進言した。

「ベルタさま。お気持ちはわかりますけれど、それではルイ王子が茹だってしまいますわ」

「王子がお風邪を召されたら大変ですが、厚着のし過ぎもよくありません」

彼女たちの意見はベルタにとって寝耳に水だった。

「……それもそうね。ルイは去年の冬も王都で越しているのだし」

思えば去年もずいぶん心配したが、ルイは大きな風邪も引かず元気に、生後半年で迎えた最初の冬を越している。

「この子のほうが私よりもよほど、王都の冬に慣れているのね」

カシャから来た侍女の一人も同意する。

「ルイ王子は王都で産まれ、こちらでお育ちになる御子ですもの。寒さには強うございましょう」

体の芯まで冷え切るような王都の冬から身を守るすべを、ベルタはまだ知らないが、ベルタの子はもう違うらしい。

ベルタは、つぶらな青い目でこちらを見上げるルイに視線を落として、不意打ちのように冷えた手のひらで彼の頬を包んだ。

「にぁっ！っんなー！」

幼いぷくぷくの頬は熱を持っていて、ベルタは彼から暖を取って笑みをこぼす。ルイはきゃっきゃとご機嫌な悲鳴をあげながら、母の狼藉(ろうぜき)から逃げようと大きく身をよじった。

ハロルドが次にベルタの宮を訪れたのは、王都に初雪の降る日の夜半だった。

ベルタは既に就寝する支度を整えており、温められた寝室でそろそろ寝台に入るところだった。突然の訪問に、寝間着に上着だけを羽織った服装で慌てて彼の御前に出た。

一方で、ハロルドは外出着だった。今まさに帰って来たか、これから出かけるといった様子だ。

外套(がいとう)の中は、よく見ると略式だが武装のようだった。ベルタはその物々しさに息を呑(の)む。

「陛下。どうなさったのですか？　このような時間に」

彼は、人払いする間も惜しいというような様子でベルタの手を掴んで引くと、黙ったまま彼女の寝室へ入った。

重い扉が閉まれば、二人の間には雪の夜の静寂だけが広がった。

　室内は温められていて、ハロルドはベルタの手を離すと、羽織っていた外套を脱いだ。ベルタは椅子を勧めるか少し迷ったが、結局そのまま黙って彼の言葉を待った。

「保守派の狙いがわかった。──侍女アドリアンヌが療養を名目に、後宮を辞して宿下がりした。報告によればその足で王都を抜け出した」

「療養？　妊婦を、こんな時期に動かしてですか？」

　もし本当に妊娠しているのなら、移動だけでも応えるだろうに、この寒い夜にだ。まあ、おそらく妊娠自体嘘なのだろうが、最低限取り繕うことすらやめたのか。

「アドリアンヌは懐妊していない。もし仮にしていたとして、それは俺の子ではない」

　それが確定的な事実なのか、それともハロルドが「そういうこと」として今回の件を処理するつもりなのか、ベルタは今ひとつ判別できない。

「奴らの狙いは初めから、この後宮内で身ごもった女を確保することだった。王宮をかき回すだけかき回して国外へ脱出し、正統な王位継承権を主張し得る赤子を手元で仕立て上げることだ」

「奴らとは、誰ですか？」

　そこまでやるのならさすがに小物ではない。

「マルグリットの生国。動いているのは貴族連中だが、黒幕は北の大国ロートラントの宰相だ」

ハロルドは既に断定口調だった。

「一派はアドリアンヌを連れて北の国境に向かっている。国境を越えられると、隣国は根回しが利いているかも知れず厄介だ。狂言だとわかりきっていても、王位簒奪の旗印を他国に与えてしまうのはまずい」

とはいえ、ハロルドは事前に保守派の亡命を警戒して国境付近に兵力を配置していたという。彼がこのような深夜に出ることになったのは、別の理由があるからだ。

「マルグリットも共に行動していると報告が入った。現地の軍では王妃の名で押し切られる可能性がある。王都の余剰兵力を差し向けて、今から俺もそれを追う」

「現状は承知しました。つまり事態は一刻を争っているということではないですか！　こうしている間にも、早くご出立なされた方がよろしいのでは」

マルグリットが既に王宮にいないと聞いて、ベルタは驚いた。

王妃が許可なく王宮を抜け出すという異常時に、ハロルドは何をしているのか。ベルタは焦るのに、彼はじっとベルタを見つめた。腰を据えて話をしていくつもりのようだった。

「まだ、この前の続きの話をしていないと思ってな」

「今はそのような悠長なことを言っている場合では」

「ベルタ。聞いてくれ」

全てを片付けに向かう覚悟をした男の、有無を言わせぬ勢いに、今のベルタが敵うはずもない。

彼と話したくなかった。話したところで彼の言い分を理解できると思えない。

「……教会に手を回し、極秘裏に、マルグリットとの婚姻無効を証明する証文を得た」

ベルタは返事をしなかった。無視したかったわけではないのだが、なんと答えて良いかわからなかった。

彼らのプロスペロ教会の教えでは、離婚は認められていない。

代替手段として、最初から結婚要件が成立していなかったとする証文の発行がある。そうして終わりにするために、彼は今までの結婚生活全てを否定する。

「しかし、この手札を切るのは今すぐではないと思っている。ロートラントとの将来的な衝突は避けられないだろうが、今はまだその時期ではない。マルグリットは、不自然な形にはなるだろうが王妃のまま、国内に残すことになる」

つまり彼女との婚姻関係の有無すら政策の道具の一つとして利用し尽くすということだ。

「マルグリットを悪いようにはしないと、君にも誓う。彼女が安全に、権力から離れて暮らせるように。もっと早くに、このような事態になる前にそうすべきだった」

悪いようには、しない。それが、十数年間連れ添った妻に対するやり方で、彼の精一杯の情なのだ。

実際のところ、ベルタにとってマルグリットはほぼ他人だ。彼女に対して思うところはないし、今回のことでも明らかに道を違(たが)えているのは彼女だと思う。

しかし、ハロルドと彼女は仲睦(なかむつ)まじい夫婦だと思っていた。

マルグリットが王妃として決定的な罪を犯すのは今回が初めてのことだ。これまでの彼女の功績や努力、共に生きてきた時間を踏まえても、たった一度の禁忌には敵わない。彼はそうしてマルグリットを諦(あきら)める。

きっとカシャの父は、そういう風には絶対に母を切り捨てない。

父は、母の生家とどれだけ事を構えようと、妻子のことは一貫してカシャ一族として守った。母自身が生家の離反の罪に耐えかねてその座を退こうとした時も、決して許さなかったと聞いている。そうやって愚直に家族を守ることで、父は父を頼みとする者たちに一層信頼され、一族の団結をより強固なものとした。

外に向けてはいくらでも冷酷になれる南部の民だが、その分、内に向けた契りや情は重い。ベルタにとって結婚の契りとはそういうものだ。

「陛下のご決定には従います。わかっています。国王として、あなたは正しいということは」

ここはベルタの育った環境での倫理が通じる場所ではない。南部では、身内を切るような人間は信用を失い、大きな社会的制裁を受けることになるが、彼らの社会にはそれがない。政局によっては、家族さえ家族でなくなる。

　思えば彼は、極めて血筋の近い他国の王族と争い合っている。夫婦や親子の近さでさえ、時にはそうならないとは限らない。

　それが人としての生き方の、彼との決定的な違いであるように感じられた。

「俺が正しいわけではない。君だけが間違っているわけでもない」

　ベルタは、立って並ぶとわずかに高い位置にある彼の顔を見上げた。

　ハロルドが何を考えているのか想像するのは難しい。彼がベルタを丸め込もうとしているだけのようにも感じる。

　それでも、彼もまた不安そうな、この夜に彷徨う迷い子のような顔をしていた。

「……だから話そう。これから、俺たちには時間がある。今夜ということではなく、これから、いくらでも」

　この人と向き合うことは怖い。きっと近づくほど、理解できなくなる。気がつきたくないことにも気がつくことになる。

　傷付きながら、それでもそばにいようとするほどの意味を、彼はベルタにくれるだろうか。

　ベルタは彼の人生に、登場するようになるだろうか。

　覚悟などできていないのに、ベルタはその目を見たまま、顎を引いて頷いていた。そんな自分に驚いて、けれど、もうずっとそうすべきだと思っていたような。

「陛下」

腕に触れたハロルドの手は熱かった。ルイの手と同じだと、ぼんやりと脳のどこかで認識する。

「すぐに帰ってくる。ルイと待っていてくれ。……王宮が手薄の間に、南部に帰ろうとしたり、しないでほしい」

「…………は？」

ベルタはびっくりして思わず後ずさってしまった。結果としてハロルドを避けたような格好になった。

「どういうことですか？　私は疑われているのですか、王子誘拐を企てると？……ああ、積極的にルイのために動かなかったせいで、何か……それとも、申し訳ありません、前回私が余計なことを申し上げたせいですか」

混乱したまま、自分のこれまでの行動はそれほどまずかっただろうかと思い返す。

ルイを王にしたくないと言ってしまった。一歩間違えば、保守派に賛同しているとすら取られかねない言だったかもしれない。

護衛がやけに物々しいと思ってはいたが、監視の意味合いが強かったのなら理解できる。ただでさえ忙しいだろう時期に、自分のせいで余計な人員を割かせたかもしれないと焦るが、ハロルドはばつが悪そうに目を逸らした。

「ああ、いや。今はもうそれほど強く疑っているわけではない。ただ君がそう行動し得る立場にいるというだけだ」

「今はもう？　もしや、ずっと疑っていらしたのですか。ルイの顔を見に頻繁にお渡りになっていたのは」

「すまない」

ベルタはただびっくりしていた。

ルイと自分のことだけに手一杯で近視眼的になっている間に、まさかそんなことになっていたとは。

これは本当に、話し合いが必要な気がする。感傷的な問題以前に、このますれ違っていたら後宮内での暮らしに支障が出る。

「ルイは、俺と君の息子であると同時に、この国の第一位王位継承者だ」

「わかっています。……存じております」

そうでなくなればいいと、何度思ったか知れない。けれどその事実は変えようがない。

「あの子は王子です。この国の大切な。そして陛下がルイを、世継ぎとして育てようとしていることも、重々承知しております」

ベルタにはその意向に逆らう大義名分はない。

「ただ母として、私は、あの子の幸せはどこにあるのかと。そう考えてしまうだけです」

内心で思うくらいは許してほしい。あの子がベルタの愛しい子であるように、ルイにとってはベルタだけが母なのだから。母としてあの子のために何ができるのか、きっと考え尽きることはない。

「王になるのがルイの唯一の幸福だとは俺も思わない。……だが」

ハロルドは、割り切れないベルタを責めなかったし、彼もまた迷いながら口にした。

「長子として、本来王位に就くべき立場に産まれながら、その可能性を奪われた子は、……そうされてルイは、果たして親を恨まずに育つだろうか」

それは掛け値無しの、ハロルドの本音の部分だとわかった。

「ルイにひどい父親だと思われたくないんだ。可能性を奪ってしまいたくはない。あの子に健やかに育ってほしい。かけられる全ての愛情をかけて、ルイに与えてやりたい」

この人は、本当に父親としてルイを見ているのか。

それは以前、彼がルイを愛していると言った時には得られなかった実感だった。長年熱望した実子だから、玉座に就ける駒としてのルイが可愛いのだろうと。

「あなたは、……いえ」

「……ベルタ?」

本当に自分たちは、どれほどすれ違っているのだろう。彼との関係がないまま、共に父となり母となっている繋がりのなんといびつなことか。

「わかりませんけれど。答えは出ない気がしますけれど、陛下がそうおっしゃるのなら、心強く感じます」

彼を理解するためにも、彼がマルグリットとの間に付ける決着から目を逸らしてはならないと思った。

「行ってらっしゃいませ。私はここで留守を守って、お帰りを待っています」

＊

決着の場は、あの離宮だった。

幼い日にはじめて彼女と出会った場所。泣いている従妹姫を笑わせたくて、ハロルドは彼女を遊びに連れ出した。笑った顔はきっと可愛いだろうと思った。

「懐かしいわね。ねえハロルド」

降り続いた雪がまばらに離宮の庭を染める。マルグリットはその景色の中に一人、立っていた。

そう言ってハロルドに笑いかける彼女は、優しい笑顔をしていた頃の彼女だった。

外は軍が包囲した。暗闇に紛れての逃亡を阻止するため、決着の時刻は真昼を選んだが、空は重たい雲に覆われていた。今にも雪が降り出しそうだった。

宮殿内にいた保守派の私兵の制圧も大方完了し、主だった首謀者は捕縛している。

外交的な後始末を考えれば、表立っては処分しづらい貴族もいる。

スミュール伯爵とその一族は見せしめの極刑のために生け捕るとして、オットー一族の主要人物は、ここで小競り合いの中での「戦死」をさせるつもりだった。生かして連れ帰れば、他国内のオットー本家が手を回してまた一悶着起きることが予想されるためだ。

そのオットー当主も先ほど離宮内で縄を打たれてひとまず捕縛されていた。彼はハロルドを見ると口汚く、聞くに堪えない暴言を吐き始めたので、兵士に殴られて昏倒させられた。

王族の避暑や静養を目的に建てられた離宮が、一変し荒れた場になる中で、正妃マルグリットにだけは誰も手をかけることができなかった。もし正妃が誘拐され、同行させられていただけだという結論が下れば、拘束した方が罪に問われる可能性もある。

彼女が単身でふらふらと離宮の庭に出て行ってしまうのを、周囲の者たちは遠巻きに監視しているといった様子だった。

ハロルドがその場に到着し、彼女を庭に見つけた時、マルグリットはまるで散歩でもしているかのように軽やかな足取りで雪を踏んでいた。

「あなたは覚えてる？　この森で、あなたと走り回ったわ。私は世話係に怒られて、でもそれも楽しかった」

ハロルドは、周囲を遠巻きに包囲する護衛の動きを制す。

彼女とゆっくり、二人きりで話ができる機会はこの場が最後だろうと考えた。

「マルグリット。状況は理解しているか？」

彼女に引きずられないよう注意しながら、冷静に問う。そんなハロルドにマルグリットは少し眉根を寄せた。

「そうよ。アドリアンヌが病気になってしまったの。彼女を助けるためには、早く国に帰らないといけないのよ」

「その必要はない。君たちは本国には帰れない」

「どうして？　ハロルド、アドリアンヌはあなたの……」

ハロルドは彼女がどの程度正気を失っているのか、見極めておきたかった。マルグリットを利用した貴族たちは、彼女のこの様子を都合良く扱っただろうが、肝心の彼女本人はどうなのだろうか。

本当に手遅れなのか。それともまだ。

「マルグリット。アドリアンヌは、君が可愛がっていた侍女だろう。このまま、あの侍女に着せた罪について、君からの申し開きはないままで良いのか？」

アドリアンヌのことはよく覚えている。あの侍女はハロルドの寝所でも、主人であるマルグリットの名を呼んだ。

とはいえ侍女をだしに使う、この手の揺さぶりがマルグリットに対して有効なのか確信があるわけではなかった。周囲の人間は己に傅くのが当たり前、彼女は生まれた瞬間から生粋の姫君だ。

「アドリアンヌはあなたの子を産んでくれるのよ」

「現実を見ないふりをしていられる段階は過ぎた。君が話し合いに応じるのならそれなりの対応をするし、このまま戻ってこないのなら、こちらの都合で全てを処断する」

ハロルドは、彼女の様子を凝視し続けた。

この期に及んでマルグリットは美しかった。寒さに少し赤らみ、血色がよく見える顔は、彼女がまだ少女だった頃の面影を思い起こさせる。

ただ、茫洋としたその視線。その瞳の奥には、経年による言い知れない疲れが滲む。本来の彼女には似つかわしくない闇が映っている。

「頼むよ。マルグリット」

何もわからないふりをしている彼女と、何を終わらせられる？

それはハロルドの身勝手な願いに近い。一方で、これからも王家に囲っておかなければならない人物への見極めは、必要な手順でもあった。

マルグリットは、まだら雪の庭に視線を向け、しばらくそうして黙り込んでいた。

小さく、絞り出すような声音が、彼女の喉元（のどもと）で震える。

「……あなたはひどい人ね。ハロルド」

どうとでも取れる言葉。ただハロルドは、これを彼女の自白と受け取った。

「私にどうしろと言うの。私は何をしてあげればよかったの」

マルグリットの語り口は穏やかで、それが余計に、彼女の苦悩の時間の長さを思わせる。

「ねえ、私は、見たくないのよ。あの子供が大きくなるのを見ていたくないの」

大陸中枢の社会において、高貴な女の義務はただひとつ、家の跡取りを産むことだ。

彼女たちはその、青すぎる血の不完全な体で妊娠出産を繰り返し、何度の流産を経たとしても、たった一人健康な男児さえ残せればいい。自身さえ産褥（さんじょく）で命を落とすこともある。

マルグリットの背負った運命はもう変わらない。

「私はたくさん、頑張った。精一杯努力したわ」

「知っている。わかっている」

「……私とあなたの間に死んでいった子たちが、もし生きて育っていたらどんな風だったかあなたは考えたことはある？　私は、考えない日はないくらい、なのに」

それはハロルドとマルグリットの間で長年、禁句に近かった。

ハロルドは黙り込む。その不幸に直面した母親ほどの実感を、自分が分かち合っているとは思えなかった。

「それなのにあなたは。側室すら誰一人として妊娠もさせられずに、それなのにあんな子を産ませてしまって、私たちの先祖を冒瀆（ぼうとく）したのよ」

ルイが産まれた直後、彼女は一度はその存在を受け入れようとした。

しかし、やはり目の当たりにしたルイの血統に、彼の中に流れる自分たちとは異なる血に打ちのめされて、おそらく彼女の病はそこから始まった。

「あの黒髪の子供が、だんだんあなたに似て育つのでしょう！　これからどんどん恐ろしいことが起きるわ。あの子供が全部全部あなたとの大切な思い出を、あなた自身の価値を、真っ黒に塗りつぶしていくのよ。ねえ、そんな王宮に私の居場所がある？」

彼女は、ルイがたった一人のハロルドの直系男児であるという事実に耐え切れなかった。

保守派がそんなマルグリットに見せた、惨く甘い幻想を、確かに最初は信じたのかもしれない。

「この離宮であなたと初めて出会ってから、私はずっと幸せだったわ。でも、私はこの国に来るべきではなかった。……こんな、国。もうなんだか、全てがどうでもいいの」

だが、彼女の様子を見るに、たった今醒（さ）めたという風でもないようだった。

おそらく本人もどこかの段階で、周囲の人間の故意に気がついた。気がついた上で勝ち目のない茶番に乗った彼女の心境を思う。

「ハロルド。話し合いに応じてくれると言ったわね」

「ああ」

全てを諦めたような壮絶なマルグリットの表情には覚えがあって、ハロルドはこの先を予感した。

「私を国に帰して。できないのなら、……ここで罪人として殺してちょうだい。あなたのその手で」

彼女の教義では自殺も離婚も禁じられている。ましてや王妃となるべく育った女にとって、ハロルドが出そうとしている婚姻無効の証文は、あるいは死よりも酷な辱めかもしれなかった。

「あなたの妻として、正しい姿で死にたいの」

彼女と向き合うことから、ハロルドが目を背け続けた代償はあまりに大きい。

だがここで、彼女の選んだ答えを受け入れるわけにはいかなかった。

「――どちらもできない相談だ。マルグリット」

マルグリットが何かを言うよりも早く、ハロルドはたたみ掛ける。

「君は犯した罪の重さを理解しているか？　私情により動乱を扇動し、国家を揺るがしかねない謀に加担したんだ」

「それは私の命よりも重い罪かしら」

「神が決め給うその時期を、自ら早めようとする人間の命ほど軽くはないぞ！」

彼女に、正当な死の言い訳を与えてはいけない。緩やかな自殺を図るような彼女を許すわけにはいかなかった。

「なあ、逃げないでくれマルグリット。君はどんなにつらくても自分の人生から目を背けようとはしなかったはずだ。ずっと、君はこの国の王妃だったし、君は正しかった」

実際的な話をすると、マルグリットをここで「事故死」させてしまうことの影響を、ハロルドは計りかねている。

彼女の生国の出方は常に一貫性を欠いていて、例の無能王の気分次第、もしくはその時政治を左右している宰相の政策次第といった様子だった。

死なせれば、王妃に惨い死を与えたとしてハロルドを糾弾し、国民感情を煽ってくるかもしれない。だが一方で、このままマルグリットを生かして幽閉しておく方が、後々までの外交問題を起こす引き金となる可能性もある。

「生きていてくれ。マルグリット。現実から目を背けずに、君の人生を、全うしてほしい。王妃の義務から解放されて、誰も君を傷付けない場所で穏やかに生きてくれないか」

膨大な数の人間が関わる問題の行く末を、完全に予測するのは難しい。

何を選択しても最終的にどう転ぶのかわからないのならば、ハロルドは自らの意思を優先したかった。たとえそれが彼女にとって、一番の望みではないとしても。

手入れもろくに行き届いていない寒々しい離宮が、彼女の最期に相応しい場所だとは、ハロルドは到底思えなかった。

「もう、変わっていくあなたを見ているのも、つらいのよ」

「わかっている。君を置いて違う道に進む俺を、許してくれとは言わない。君にこれ以上酷なことは求めない」

「……私はいつか、あなたの大事なあの子を殺そうとするかもしれないわよ」

マルグリットもまた、暗闇の底からハロルドに揺さぶりをかけるようにそう言った。

「そんな企みを許すほど、俺は甘い王ではない」

情に流されて監視の手を緩めたりはしない。マルグリットを、今後の長きに渡り、大切に囲い込んで内からも外からも守り続ける覚悟はできていた。

生きてこの国の行く末を見続けることが罰だと彼女が言うのなら、ハロルドはその罰を彼女に与える。

「ねえ。殺してくれないのね、本当に」

涙で潤むマルグリットの視線がまとわりついても、ハロルドは微動だにしなかった。そうして彼女が、ゆっくりと現状を受け入れていくのを待った。

「お別れなのね。ハロルド」

マルグリットのために、彼女の納得する言葉選びをするために、ハロルドは神経を摩耗していた。

「あなたは私の望みを叶えてくれないで、それなのに私にこうしろと、自分の都合だけを押し付けるんだわ」

「ああ」

「……たまには、会いに来てくれる？　私を、捨てないでくれるの」

「監視のためだ」

それ以上の意味で今後彼女に近づくことは、もはや自分のためにも彼女のためにもならないとわかっていた。そしてその実感はマルグリットにもあるだろう。

二人の蜜月はとうに終わっている。

彼女と生涯続いていくはずの関係だった。こんな所で終わりを認めることになるとは、ハロルドは少し前まで考えもしなかった。

「わかっているわ。ハロルド、あなたは新しい道を歩む。私には理解できない者たちと」

マルグリットはもう一度、疲れ切ったように笑った。

「あなたの言い分を受け入れるわ。なんでも言うことを聞く。……だから代わりに、私が生きている代わりにひとつだけお願いを聞いて」

「言ってみろ」

この期に及んで彼女が何を望むのか、ハロルドは特に思い当たらなかった。

「アドリアンヌを、どうか許してあげてちょうだい。あの子は優しい子なの、可哀想な子なのよ。全部私のためだったの」

それは難しい部類の要求だった。状況を鑑みるに、侍女を主犯格として始末し、マルグリットはそれに騙(だま)されていたという流れに持っていくのが妥当な減刑方法だ。

今回のことで、ある程度保守派の膿(う)みを出し切りたかった。懐妊を騙(かた)った侍女を許して、たとえば懐妊が事実だったということにしてしまうと、保守派の主犯を裁き切れなくなる。

「お願いよ、ハロルド。アドリアンヌが私のせいで死んでしまったら、そんなのあんまりだわ。あなたは優しい人よ。そんなことをしないと、私に信じさせて」

アドリアンヌを助けてその命を握ることは、彼女に対する人質として効力を発揮するだろうか。

マルグリットの真意が摑(つか)めず、苦しい見極めだった。そもそも彼女に真意などあるのだろうか。浮き沈みの激しい躁鬱(そううつ)の状態で、かつてのように完全に正気でいるとも思えない。

「……表立っては、この離宮で命を落としたことにする」

「ハロルド！」

彼女はその日初めて、救われたような色を目に映した。

「アドリアンヌという名前の侍女は死んだ。名前を変えてそばに置くとしても、もし誰かがその事実を利用しようとしたり、君自身が罪を重ねたりすれば、今度は間違いなく真っ先にその侍女を処分する」

「ええ、ええ」

表立って許すことはできない。死んだとされる人間を生かしておくことには危険が伴うが、この一件の落としどころを探る時、ぎりぎりで許容範囲かと思われた。

アドリアンヌは離宮内で主犯格として拘束されていたが、かつての面影は見えないほどやつれて痩せ細っていて、そのくせ腹部は、月齢の計算が合わないほど不自然な形にぽっこりと膨らんでいた。後で医者に確認させるが、おそらく精神を病んだ末の想像妊娠の一種だろう。

「ありがとう」

侍女を救うくらいでマルグリットの心が落ち着いて、彼女が信頼できる側仕えと穏やかに暮らしていけるのならばそれもいい。ハロルドも彼女に対して、強い罪悪感を持ち続けずに済む。

「――話はもういいか？」

「ええ」

ハロルドは、周囲に控える護衛に対して片手を上げて合図した。護衛たちは即座に動き出し、今度こそマルグリットの体に手をかけ、捕縛する。

彼女は、この国の最上位にあった女の最後らしく神妙に、拘束を受け入れた。

＊

その頃、当然ながら王宮内は大騒ぎになっていた。

正妃が身ごもった侍女と共に王宮から姿を消した。更に、その一派に対し国王が捕縛の兵を差し向け、自身もそれを追いかけたという話は、翌朝には既に知られるところだった。

国王陛下が兵を引き連れて出られた。何らかの理由で逃げた侍女や逃亡に加担した保守派に、もしくは正妃本人にすら、陛下自ら処断を下される。

保守派の権威が大きく削がれることはもはや明らかな局面で、騒然とする王宮内で唯一完全に勝ちを得たという見方をされたのは、第二妃カシャ妃だった。

諸問題に対し一切の反応を見せず黙殺を決め込んでいた彼女だが、国王陛下が派兵により不在にするという非常時にあってはついに重い腰を上げた。

彼女は後宮内に残された保守派の女官たちを、一部は生家の立場や職階に応じて自身の派閥に下らせたり、一部は謹慎処分という名目で監禁に追い込んだりした。

後がない女たちの捨て身の反撃を挫く意図での行動だったが、一方で権力の揺り返しを受ける王宮内で、保守派に取り残され切り捨てられた女たちの身を守るためでもあった。

後宮内にもまた、外朝と同じように保守派に恨みを募らせた新興のペトラ人女官が存在していたからだ。

彼女たちはベルタが引きこもっていたせいもあり、大きな派閥間の諍い(いさか)の余波をもろに受けて苦境に立たされていた。そのこれまでの労を労い(ねぎら)つつ、ベルタは適度に彼女たちの相手をして不満の噴出を抑えた。元々新興勢力の女官たちは手懐けていたのもあって、そう大した手間でもなかった。

それら一連の行動は、すべて彼女の台頭を印象付けるものだった。

結果だけを見れば、ベルタは最小の手間で後宮内を制圧し、落ちた正妃の権威に代わって人事を掌握したようにも見えた。

ただ本人の内心を除いては。

「あらまあ、酷い(ひど)お顔ですこと。自ら後宮の頂点の座に手をかけておいてそれは、さすがにお行儀が悪うございますよ」

カシャから主人に連れ添う腹心の侍女は、呆れ(あき)まじりにそう苦言を呈した。

彼女たちの姫さま、ベルタの顔色は近頃酷い。

寝台の上でかろうじて身を起こした彼女は、頭痛でも起こしているのか片手で頭を押さえていた。明らかにろくに眠れていないという顔をしている。

もともと寝つきも寝起きも良くない困った姫さまだが、何か悩みごとを抱えると不眠に陥ってみるみる元気をなくしていくのは、古参の侍女たちにとっては馴染みのことだった。

「いよいよ姫さまは名実共に王妃になりなのですから、それに相応しい態度をお取りなさいませ」

侍女たちは、ごく私的な空間でのみ、今でも主人のことを姫さまと呼んでいる。

「わかってる。外ではちゃんとしてるでしょ」

「それは私たちの化粧の技術の賜物で、どうにかまともな顔色に見えているだけですわ」

「ご苦労さま。これからもくれぐれも研鑽を積んでちょうだい」

可愛くない言い方をする姫さまだ。彼女がこういう態度を取って不機嫌を取り繕えない時は、たいてい侍女に甘えている時だと知っている。

侍女はベルタの手を引いて寝台から下ろし、鏡台の前に座らせると、寝癖で複雑に絡まった彼女の癖っ毛に慣れた手つきで櫛を入れ始めた。

「南部から戻られて、姫さまが常になく不安定でいらっしゃるようなので、実は私たちは密かにご懐妊を疑っておりましたのよ」

ベルタはまだ眠たそうな目を鏡越しに侍女に向け、微妙な顔をした。

「南部でも別に何もなかったわよ」

「お付きから聞いてはおりますけど、万一把握し切れていないということもありますし。ルイ王子の時も私たちにとってはまさかの事でしたわ。あの時は姫さまが、新しい環境に来たばかりで気を張っていらっしゃるのだと思って、随分判明が遅れてしまいました。ですから気にしすぎるということはないのです」

ルイ王子を懐妊した初期も、やはりベルタは心身共に調子を崩した。

しかし当時は、本来新婚の花嫁に仕える使用人が最も気にすべきことを彼女たちは失念していたのだ。当事者たちはおろかこの縁組に関与した誰もが意識の外だったという事情はあるのだが、それはそれとして侍女は職務怠慢だったと未だに反省している。

「ないわ、何も。今までも、これからも」

そう言うベルタが、本気の不機嫌なのか照れ隠しなのか今ひとつわかりかねて、侍女は反応に迷った。

「……今まではともかく、これからはどうでしょう」

即位当初から連れ添っていた正妃が消える後宮で、陛下が、長男の生母であるベルタを改めて重用しない理由はないだろう。

今回の偽りの懐妊騒動で陛下は、世継ぎ問題への危険性の認識を強められた。

この国の王族の少なさはそれなりに緊急性のある課題だが、ルイ王子を立太子させる意志が陛下にある以上、おいそれと適当なところに産ませるわけにはいかない。

順当に考えれば、王室の次の男児もルイ王子の同母弟が望ましい。長く国内の中枢に巣食っていた保守派が衰弱し、内政の均衡が崩れかけている現状では、婚姻政策の要となる直系の女児もまた、喉から手が出るほど欲しい存在だろう。

心身共にさほど丈夫ではない姫さまがそこまでの重責を負う立場に追い込まれるのは、ただ彼女を案じる侍女たちにとっては不服だが、そうも言っていられない。

彼女たちの姫さまは、そういう運命のもと王家に嫁いだ。

「私は、嫌な女ね」

ベルタは感情が込み上げて、けれど泣きたくはない時の、虚勢を張る顔をした。

「陛下と正妃さまの間にある歴史を、私は知らない。知らずに、ただ彼女を切り捨てる陛下を責めたのよ。……陛下もおっしゃらないだけで、葛藤がなかったはずはないのに」

ベルタ本人が後悔するような態度を陛下の前で見せたのだとしたら、陛下もさぞ動揺しただろうと思う。

成人してからすっかり取り繕うのが上手くなった彼女の、近くまで踏み込まないと見えてこない姿。心の柔らかい部分を残した、少女のようなままの人だ。

「でも、今頃も陛下が、とても苦しんでいればいいと思ってる。正妃さまとの別離が陛下にとって深い傷であればあるほど、私は嬉しいわ」

自分以外の女への執心が深ければ深いほど安心するというのも、なかなか難儀な話だ。

だがベルタは、正妃との決着に陛下の人となりを占いたいのだろう。

「素直なことは悪いことではありません。偽善ぶってお心のありかを直視しないよりよほど」

「……全部諦めて見ないふりをしている方が楽なのにね」

侍女の穏やかな声音を打ち消すように、ベルタは殊更自嘲的な笑みを見せた。彼女は不機嫌なのではなく、今もゆっくり傷付き続けているのだと気がついてしまう。

「陛下がいつ、どのくらいの瑕疵で、今度は私やルイのことを切り捨ててしまえるのかわからない。そんな相手を家族と思えるの。それとも、家族と思ってはいけないの？」

本来であれば、南部での彼女は何一つ欠けるところのない完璧なお姫さまだった。

最大領主一族の総領姫として蝶よ花よと育てられ、彼女はやがて南部で誰と結婚したとして、上から嫁ぐことになっていただろう。

ベルタは元から自由意思で相手を選ぶことのできないお姫さまだが、彼女のような人たちは、政略的な婚姻によりあてがわれた男を愛することになるよう教育されている。教えられた通りに夫を愛せば、彼女はきっと夫にも愛されて、寄り添い支え合う夫婦になれたはずだ。そうして信頼できる夫と二人、家や家族を守る将来が、彼女にとっての健全な結婚像だった。

そこには荒れる国家の行く末だとか、血で血を洗う骨肉の争いは無縁のはずだった。

いつか政局によっては妻や実子すら切り捨てるかもしれない国家元首を、彼女の感覚でただ夫として見ることは難しいかもしれない。

「……けれど、姫さまは陛下と向き合う覚悟をなさっている途中なのですね」

けれど侍女には、ベルタが不器用に伸ばそうとしている手が見えた。

「ここにお入りになった当初、姫さまの胸中にはいつもカシャのことがあって、すぐにお帰りになりたいと考えていらした。けれど、今はもう違うのですね」

少しずつ、ここにある選択を受け入れているような彼女の独白を、侍女は努めて何事もないように聞いていた。

「私はカシャのための結婚をして、弟を支えていく以外の将来を想像していなかった。王妃になる能力も覚悟もないのに」

「覚悟など。そうあるために覚悟が必要だと自覚している時点で、気概としては充分でございましょう」

それを言うのならば今までの正妃こそ、ベルタよりもその地位に相応しい覚悟を持っていたか甚だ疑問だ。

ただ王族として生まれついたから、その立場に疑いもなく生きていたに過ぎないマルグリットが本物だとされる世界では、確かにベルタは異なる環境から飛び込み、努力を重ねるしかない張りぼての偽物かもしれない。

これから彼女はきっと国内外で、事あるごとにマルグリットと比べられ、一部からは一段落ちの扱いを受けるのだろう。最初はそれでも仕方ない。その地位に就く時に、誰もが最初から地位に足りる能力を身につけているわけではない。

「あなたは私に王妃として頑張ってほしいの？」

ベルタは鏡越しのまま目を丸くして、不思議そうな顔をした。

「おかしゅうございますか？」

「あなたたちは、私がそうしたいと言えばなんでもいいのかと思ってた」

また甘ったれたことを言う。

侍女は、いつの間にか止まってしまっていた手を再び動かし、少しだけ強く櫛を当てて絡まった髪を梳かした。

「いたいいたい」

大して痛くもなさそうな主人の抗議を聞き流す。

「既にカシャに帰れそうにはない展開なのですから、姫さま自身も前向きのほうがよろしいに決まっています」

かなり前からそうだったと言えなくもないが、第二妃という地位が不安定だったせいもあり、ベルタは未だに王家に腰を据えかねていた。

「……それもそうね」

けれど彼女はまるで、今考えが及んだというようにすとんと腑に落ちた顔をした。

「そういえば私は、ルイのためにとうに、ここに居続ける覚悟をしていた。あの時は自分が王妃として、陛下の隣に立つ覚悟まではなかったけれど」

ベルタは妻になることは諦められても、母であるという事実を切り離す選択肢を最初から持たなかった。

「どうせここにいるしかないのだから、不幸ぶっているより、不幸にならない努力をする方がいいに決まってる。結局私は私のすべきことをするだけ。……それってすごく普通のことよ。王だとか王妃だとかに関係のない」

なんだかよくわからないが、ベルタの気分が若干上向いたということだけはわかる。

「やはり私たちは、ただ姫さまが健やかに暮らしてくだされればなんでもよろしいのです」

「そうね。だから守られて旨みを享受するばかりも、風下に立ち続けるばかりも不服だわ」

今のはそういう話だっただろうか。少し前まで、慣れない愛や恋やに悩む、情緒たっぷりの新妻の風情だった気がするのだが。

いや、案外そうなのかもしれない。彼女が後宮に押し込められて以来感じ続けている無力感も、もとをただせばそういうことだ。

結局彼女はうまく誰かに使われたいし、南部で総領姫を張っていた時のように能動的な動きがしたいのだろう。ルイ王子を産んだことすらベルタにとっては運のもので、自発的な功績ではないのかもしれない。

ベルタが王妃として立つ時。夫を心から信頼し、王家のため――ひいては国家のために彼女がなんの迷いもなくその能力を発揮することができれば、どんなに素晴らしいだろう。

萎れかけた花が水を得る時、彼女がこの王宮でどんな風に咲くのか、侍女はその日を想像した。

＊

セルヒオはもともと出自がさほど高いわけでもない。ただ家系的にしがらみのない家から選出され、当時王太子だったハロルドの学友のような立場に置かれた男だ。

とはいえ長く青年期の青春を共に過ごしたかというと、そういうわけでもない。

前王の急逝によりハロルドは想定外に早く即位することになり、セルヒオもまた若き君主の側近として、主人とは離れて厳に教育し直されることとなった。王と彼は実際、周囲にそう見られているほど気安い関係のわけではなかった。

それでもセルヒオは、彼を頼むに足る君主だと知っている。

愚直に仕え、有用な働きをする臣下には、ハロルドは必ず応える。

出自は中の下、まして国家の重臣となるには若すぎるセルヒオは、今はまだ対外的には低い地位に留まっているが、このまま順当に行けば実務官として将来それなりの所まで出世するだろう。

そう自他共に認める侍従はまさに、国王の最側近という位置付けだった。

陛下がオットー子爵家への探りにジョエルを使うと言い出した時は、セルヒオは驚いた。いつの間に彼はそんな搦め手を使うようになったのだろう。

あの双子に関してセルヒオは特に思うところはない。

オットー家を始めとした保守派を増長させておきたいという陛下の意図もあり、特にアンリのほうが新興貴族や第二妃相手にいくら問題を起こそうが、セルヒオが双子の上司として根本的な対応を求められるには至らなかった。たまに苦言を呈することもあったが、そもそもセルヒオも普段から忙しすぎ、子供にかまけている暇はなかったからだ。

アンリはオットー家の伝統的な価値観に則った、わかりやすい差別思想の持ち主だった。一方でジョエルのほうは、取り繕うことを知っている賢しらな態度が鼻につくものの、その内心はアンリとそう変わりなかっただろう。つまり素直でない分、余計にたちが悪い。

そんな彼らだが、当初からハロルドへの忠誠心だけは人一倍だった。大方、保守派が掲げる王家崇拝思想を本気で内面化して育ったのだろうが、親の代ではとうに形骸化している思想を彼らが馬鹿正直に信じているのはいっそ滑稽でもあった。

ジョエルは、己の生家がとうにハロルドを裏切っている行状を匂わされた途端、こちらの狙い通りにとてもわかりやすく動揺してくれた。

そして結局あの少年は、家よりも国家への忠誠を選んだ。正妃が保守派と共に王宮から出たという第一報を持って来たのはジョエルだった。

『ご苦労だったな。おまえの忠心には報いよう』

ジョエルはもはや覚悟の決まった顔をしていた。

『オットー一族は……父は大逆で裁かれるべき罪人です。しかし母方の家は保守派とはいえ、今回の騒動には関わりのない、純粋な我が国の貴族です。どうか、何も知らなかった母や妹の連座はお許し願えませんでしょうか』

妹はともかく、彼の母が全く関与していなかったという主張は無理があるのだが、まあ歴史的に見ても貴族女性は余程のことがなければ極刑にはかけられない。結局は無難なところで減刑するのが妥当だろう。

オットー一族をどのあたりまで叩いておくかについては陛下も決めかねているようで、追尾の行軍の最中、セルヒオにも意見を求めた。アンリは南部の視察から戻った後は自宅謹慎という名目で放逐してあった。今もオットー当主と行動を共にしているだろう。

『ジョエルは今後生かしておいてもまだ使い道はありそうだが、そうすると双子の片割れを処刑してしまうのも寝覚めが悪いな。アンリについてどう思う？　セルヒオ』

『不運だったと言うしかありません』

暗に諦めてほしいということを匂わせるが、陛下は苦笑した。

『まあそう言うな。アンリを使ってジョエルをうまく転がす方法を考えろ』

よせばいいのにと思わないでもないが、できるだけ切り捨てようとしない陛下の政策は一貫している。

陛下が今回のような搦め手を許すのならセルヒオにも出せる案はあった。

『アンリを、自然な流れで敵国に逃亡させることは可能ですか？』

アンリは本来ならば、一派として真っ先に捕縛される中の一人だ。

『やろうと思えば穴は作れると思うが、アンリを見逃してどうする』

『アンリ本人を行かせるのではありません。彼らは双子で、すぐには見分けが付かないほど似ています。入れ替えてジョエルにアンリの名を騙らせ、オットー本家に亡命させれば、あるいはロートラントの内情を知ることができるかもしれません』

『双子を入れ替える？』

陛下が不審な顔をしたので、セルヒオは一応自案をたたみ掛けた。

『もちろん奇をてらう分危険性も増しますし、最低限の人質として本物のアンリ、そして母親や妹を確保しておく必要はあります』

『ジョエルがかの国に取り込まれる可能性がでかいな。生半可な監視で母方一家そろって亡命されたらどうする。ただでさえ保守派の所領は北方に近い』

『そこは物理的に遠ざける必要があるでしょうね。どの道、この件が一段落したら保守派の転封は必然でしょうから、ここは思い切って南部の小国にでも飛ばしたらどうですか？』

言えと言われたから言ったのであって、別にセルヒオにはあの双子を助ける特別の思い入れはない。

ただ、現状の事実として、当国は他国に対し軍事的な優位性を保持し続けている。だからこそ遊びを持った博打も打てるというものではないか。不発に終わる可能性も高いが、同時に大きな布石に化ける可能性も孕んでいる。

『なるほどな。それにしても突飛なことを言い出す。慎重なんだか大胆なんだか、相変わらず読めないなおまえは』

セルヒオがそうした発言の趣旨を陛下に伝えると、彼は視線をこちらに向けた。騎乗で寒風に晒され続け、冷えて硬直した表情からは感情が読み取れない。

『……おまえとベルタは気が合いそうだ』

その言葉を噛み砕いて、セルヒオは概ねを察した。陛下が、最初にジョエルを使うと言い出した時、彼が誰の進言を聞いたのか。

第二妃ベルタ・カシャ。

セルヒオは、正直なところ未だにその人物像を掴み切れていない。

第二妃の宮に女官として仕える妻から色々と話を聞いたり、南部の視察において妃本人を観察したりしていたが、ただ漠然と好印象を覚える程度だった。その好感も、王を振り回し疲弊させるだけの正妃マルグリットに比べれば、という程度で根拠は希薄だ。

彼女は、かつての王太后のような、強い実権を持つ王妃になるだろうか。

（いや、それよりも、そもそも彼女は陛下を変えられるかもしれない）

セルヒオの妻は、一応は第二妃の宮の探りのような立場で女官登用されただけあって、入った当初は冷静なほうだった。周囲の女官たちが妃殿下を中心に結束を強めていく中でも「妃殿下の人心掌握力は理解するが、あれは王妃として相応しい態度ではない」というような趣旨の報告を陛下に上げていた。

けれど時間の経過と共に、妻は非常にわかりやすく妃殿下に傾倒していった。

第二妃という立場の女に仕えているというより、ベルタ・カシャという個人に対し思い入れを強めていくような妻は、この先陛下と妃殿下の関係如何によっては任務と私情の狭間で苦しむことになるだろう。そうなる前に陛下はそんな女官を放逐すると思うが。

セルヒオ自身、先の視察でベルタ・カシャに対し、どちらかと言えば初期の妻に近い反感を得た。

彼女の、下々の者に対する気遣いは細やかで、ともすれば媚びているようにすら感じる。

けれど、周囲の人間を配下としての一括りではなく、不思議なほど個人として把握している彼女は、やはり強い求心力を有する。周りもまた主の個性を見るようになり、彼女個人に仕えているような意識を持ち始める。

理屈ではなく主個人を頼みとすることができる集団は強い。もし仮に彼女が男で、兵を率いて戦う立場にあれば、敵に回すと厄介な指揮官だっただろうと思う。その影響力の及ぶ範囲を、彼女がどこまで広げられるのかは疑問だが、少なくとも南部太守たちは彼女と似たような方策で横の連帯を展開し合っていた。

ベルタ・カシャは今のままでは当然、伝統の王室に君臨する王妃として相応しいとは言えない。

だが、従来の王室のあり方に風穴を開ける、そういう存在を迎え入れることこそが、緩やかに朽ちていく大木のようなこの国に必要な変革をもたらすのだろうか。

既に誰もが意図していた範囲を超えて、彼女の存在は王家の中枢に深く食い込んでいる。彼らのような、上に立つ者としてのあり方が真逆の両人がこれからどのような夫婦になっていくのか、セルヒオには全く予想がつかなかった。

陛下はおそらく後宮を、自身の私的な空間ではなく、国を動かす政治機構のひとつくらいに考えている。

彼は私生活を蔑ろにすることに慣れ過ぎているし、ひょっとすると、己に私人としての立場が許されるという発想すら希薄なのかもしれない。

世襲王朝の君主としての素養を十分に有した、国家と己の人格の区別が曖昧な、人柱のような国王陛下。

ひとつだけ明らかなことは、あの異郷の妃殿下は、間違いなく今まで陛下の周囲に存在しなかった性質の人間だということだ。もともと陛下のそばには、セルヒオを含め、閉じられた世界のとても少ない種類の人間しかいない。

長い歴史の中で膠着した価値観は、外から来た人間にしか壊せない。

臣下でも血縁でもなく、寄り添いながら対等に渡り合う相手として、彼女は陛下に、国王としてあるべき以外の人生の時間を思い起こさせるかもしれなかった。

＊

「ああ！　あの子が本当に嫁に行ってしまった」

カシャの当主ヴァレリオは、南部の雄大な領土の頂点にあって、最愛の妻の膝枕でぼやいていた。

大柄で、年齢にしては鍛え上げられた体格を体ごと寝台に投げ出して、彼は細身の妻の節くれだった膝頭を撫でている。

そんな夫を真上から見下ろす妻の顔は、どちらかと言えば冷やかだ。顔の造作だけみれば彼女は、娘のベルタに二回りほど歳を喰わせたような、誰が見てもよく似た母娘だった。

「何を言っているのだか。あの子はもう二年以上も前に嫁に出しました。あなたが勝手にまだ手元にいると思っていただけよ」

南部最大版図を築き上げた、歴代太守の中でも最高権力に到達する指導者としての顔は、今この瞬間は見る影もない。

「だがアニタ。おまえだって、当初はあの子の生涯を丸ごと王家にくれてやるとまでは思っていなかっただろう？」

中年のだらしのない姿ほど見苦しいものはないが、私的な空間に限って言えば、ヴァレリオは死ぬまで妻に甘え続けてやると決意している。彼の最愛の妻、第一夫人アニタは、そんな年下の夫を甘やかしながら益体もない話に付き合っていた。彼ら夫婦と、ごく近しい一部の使用人には見慣れたいつもの光景だ。

話題は彼らの第一子、既に嫁にも出して独り立ちしたはずのベルタのことだ。

「まあ、そうね。色々あってもどうせそのうちに戻ってくるのではないかと思っていました。……先の行幸で、あの婿どのを見るまではね」

「国王陛下はおまえのお眼鏡にかなったか？」

妻は、無意味な嫉妬を繰り出して話を混ぜっ返そうとするヴァレリオを、鼻をつまんで黙らせた。

「わたくしではないわ。ベルタのお眼鏡にかなったのですよ。ベルタは、ルイを連れて南部に逃げ帰ってくるような決断を避けた。あの子自身が、既に婚家の人間としての価値観を内包するようになったのか、それともあの国王の目を掻い潜れないと判断して動かなかったのか」

この国の玉座に旨みを見出しているのは何もあちらだけではない。ましてカシャは、正統な第一位王位継承権を持つ王子を得ている。今回の保守派の不穏な動きを早い段階で察知した時、カシャ側もまた、あわよくばと考えないでもなかった。

もしベルタが本気で逃亡と王子誘拐を決断し、勝算があると判断できれば、ヴァレリオにも動く心算はあった。事実、国家中枢の意識や軍事力が北に向かっている間は、王都は通常時はあり得ない規模で隙が生じていた。

もちろん狙って作った機会ではなかったため、確かに準備は万全ではなかったが、それで怖気づいて千載一遇の機会を逃すようでは南部の指導者は務まらない。ルイ王子の身柄さえ確保してしまえば、後のことは正直後手後手でどうにかなった。外戚として王子を囲う大義名分を並べ立てて時間を稼ぎつつ、王子を南部の価値観の中で育て上げることができたはずだ。

現国王の唯一の王子ルイ。あの赤子が長じて次期君主となることは、この国がそれまでに倒れない限りはほぼ既定路線と見て良いだろう。紛う方なき直系王族の血と、南部ペトラ人の血を分け合った新しい時代の君主だ。

しかし一方で、ヴァレリオはその赤子の血筋だけをもって信を置くのは危険だと考えている。

彼が育つ環境には、周囲にいくらでも異なる価値観が転がっており、赤子がどの考え方を拾い上げて成長していくのかわからないからだ。ベルタは確かに息子に愛情を注いで育てるだろうが、その母子関係に南部の行く末すべてを委ねるのは賭けだ。

むしろ彼らの関係が密なほど、王子は生母を取り巻く複雑な政治環境を目の当たりにしながら育つことになる。

先般二年ぶりに帰ってきた時の娘ベルタの顔を思い出す。そのベルタの横にいた、彼女の夫の顔も。

「ベルタは、全身で私からの口出しを拒むような、反抗期の子供のような顔をしていたな」

彼女ははっきり言って浮かない顔をしていた。己の現状について父に何か言われることや、ルイに対してヴァレリオが手を出すことを危惧しているようだった。

「正直、帰ってきたあの子の顔を見た時に、あの子の立場を薄々察してはいた」

結局、十数日の屋敷への滞在中、ベルタは父に世間話以上の会話をろくに許さなかった。

婚家で大切にされているわけでも、ましてや夫に情が移っているというわけでもないだろうに。自分の置かれた境遇に満足しているわけでもないのに、その扱いを受け入れるような子だっただろうか。

「あら。その時点で、ベルタが主導的ではなくてルイ確保が無理筋だと察したのなら、なぜ王都に帰ったあの子からの連絡を待ったの？」

結果的に不発に終わった目論見だったが、踏み込まないなら踏み込まないで、目論見があったことすら察されずに最も早い段階で終わらせておくべきだった。それがわからないヴァレリオではないが。

「……まだあの子が、正妃や保守派への対応で国王に見切りをつける可能性もあっただろう。あの優男と私のどちらが家長として頼みになるのか、天秤にかければわかりそうなものを」

「馬鹿ね。父親が夫に敵うわけがないでしょうに」

娘を失った父親としての感傷に浸っているヴァレリオに対し、妻は手厳しい。

「仮に国王陛下が、それこそ歴史に名を残すような暗愚だったのならベルタも決断が楽だったと思いますよ。けれど一度二度の晩餐会を共にした程度のわたくしでもわかる。あれは、伝統王室から取れた君主にしてはなかなかの」

妻が言いたいことはわかる。長きに渡り没交渉だった王室と南部は、互いに多くの情報が欠落していた。ベルタが王室に入るまで、更に言えば先般の国王の行幸まで、その個人としての人となりまでは、遠地からは知りようもなかったのだ。

歴代君主のあり方を鑑みれば元々の期待値が低かったこともあり、南部からの国王への心象は、あの行幸を経た今決して悪いものではない。

「それにベルタは元々、婚家で多少思うに任せないことがあるからと言って、実家に泣きつくような可愛げのある娘ではないでしょう」

彼女は実の娘に対してもほどほどに手厳しかった。

「私としては、王家に見切りをつけて逃げ帰ってきてくれるならそれでも良かったのだがな」

「そう思うなら、あの子をそのように育ててしかるべきだったわね」

ヴァレリオは、妻の顔を真下から見上げる。少し背を丸めた彼女とぴったり目が合った。

「そうは言ってもおまえ、あの子がこれまで私たちの思い通りに育ってくれたことがあるか？」

妻は目を丸くして黙り込んだ後にくすくすと笑った。

「それもそうね。わたくしたちの問題児は、まったく幾つになっても」

ヴァレリオにとって何よりも大切な妻。今でこそ嫡男クレトが誕生しているものの、彼女との間にもうけた子が長女ベルタのみという時期はとても長かった。

「……ベルタは小さい頃からやけに大人ぶりたがって、癇が強くて反抗的な、困った子だった。ずっとあの子は不出来な娘だと思っていたよ」

ベルタ本人は異母妹のグラシエラを指して劇薬と称したが、ヴァレリオに言わせればベルタもまた劇薬に違いなかった。

「あら。あなたにそっくりですよ。情が深いくせに独善的で、なんでも自分の思い通りにしないと気が済まないものだから、あなたたちが衝突するのは同族嫌悪と思って見ていたわ」

気難しくてわがままな娘だったベルタが一転、頼りになる一族の総領姫と周囲から評価されるようになったのは、彼女が十代の半ばで成人一族としての振る舞いが認められるようになってからのことだった。とはいえあの子本人は幼い頃から何も変わっていないのかもしれない。彼女は親が教えるよりも前から、カシャの嫡出子としての矜持を持っていた。だからこそ、絶対的な当主として立つ父ヴァレリオのやり方にすら疑問を持つ気概も、堂々と父に立ち向かってくる反抗心も幼い頃から兼ね備えていた。

実はベルタとヴァレリオは最近でも、顔を合わせるとすぐに口論になるような親子だった。

それを知っている者はあまり多くない上、知っているほど近しい者たちはそれがいわゆる、喧嘩するほど仲が良いというものだとわかっているため、彼らの衝突が問題になることはほとんどないままだった。

ヴァレリオにしてみても、駄目な子ほど可愛いというか、とにかくベルタの反抗に付き合うのも、臆さずに正面から意見を言ってくる相手が増えることも悪くはなかった。

「ベルタに比べればクレトは百倍も大人しくて良い子だが、少々『良い子』過ぎるのが気になるな。もう少しこう、親の言い分に迎合するだけではない我の強さがほしいところだ」

「それは無理というもの。ベルタが小さい時と今では状況が違うわ。ベルタが小さい頃はあなたもまだ十代の、わたくしに言わせれば子供だった」

妻とヴァレリオとの間には八歳の歳の差がある。今でこそ何ということはない年齢差だが、結婚した当初は十代半ばのまだ成長途中の少年と、二十歳を超えた女性という、まさに大人と子供だった。

「若くてめちゃくちゃだったあなたの時代を知っているベルタはさておき、盤石な大領主としての父上の顔しか知らないクレトは、あなたに反抗はできないわ」

少年だったヴァレリオは手段を選ばなかった。

叔父の後見を退け、十代の半ばに届くか届かないかという年齢で家督を実質的に手中に収め、あらゆる進言を無視して八歳年上の高嶺の花を第一夫人に迎え入れた。

最愛の妻との結婚生活を認めさせ続けるため、妻の生家とカシャとの対立構造を払拭するため、当時のヴァレリオは何も躊躇わなかった。

当主の代替わりでカシャが弱る好機だと仕掛けてくる家は全て打ち負かしてやったし、そうしているうちに一族の前例にない南部最大版図を築き上げてしまったことも、その権力の安定のために第二夫人以下を次々娶ったことも、ヴァレリオの中では妻への献身と矛盾してはいなかった。

「あの頃の私は、おまえの愛を得るためにただ夢中だったんだ。それこそ幼い実の娘に呆れられるほど」

「それを言うなら今は余裕で、わたくしの愛の上に胡坐をかいているのね」

妻は憎らしげに、膝の上でだらしなく緩んでいる頬をつねるが、ヴァレリオはその手に己の手を重ねてわざと生真面目な顔をした。

「何を言う。私はいつでも、おまえのためにすべて失う覚悟も、すべてを手に入れる覚悟もできている」


アニタは、役者じみた容貌で愛の言葉を囁く夫の顔を見ていた。実年齢よりも若々しいような、惚れた欲目を抜きにしても美しい男だ。

彼は今でも、そろそろ皺も白髪も目立つようになってきた女のことを、最愛の人と愛し続けている。既に彼を疑ったり、卑屈になったりするような時期は過ぎ、ただ穏やかにこの人と日々を重ねていくのだと信じられる。

だが、そうなる前に、自分たち夫婦の間にはたくさんの葛藤があった。

彼女の娘ベルタも、これからきっとたくさんの葛藤を重ねていくことになるのだろう。愛されても愛されなくてもきっとあの子は不安だろうと思う。単なる母の勘として、あの国王はすぐにベルタを気に入るだろうと感じるが、ベルタが立場の違う相手をどこまで信じられるかはわからない。

だがそれは、それこそ親が知るようなことではない二人の話だ。

「……あなたがベルタやクレトのために、どこまであの子たちの行く末に介入しようとするのか、わたくしは少し怖いのよ」

夫はたくさんいる子供たちの中でも、殊更に嫡出の二人を偏愛している。彼はもちろん他の妻たちや、彼女たちが産んだ子らのことも大切にしているが、やはり第一夫人が産んだ嫡出子は別格なのだろう。

彼が愛するもののためになりふり構わない時、アニタはいつも少し不安になる。この人が正常な判断ができるうちはまだ良い。けれど、これから更に歳を取り、彼を止められる人が誰もいなくなってしまったら。ただでさえアニタは夫よりも八歳も年上だ。

「不幸中の幸いは、南部と王家が完全な対立構造には立っていないことだわ」

「そうだな。おそらく、正面から対立することはこの先も得策ではないだろう」

夫は彼女から視線を外し、寝室から見える窓の外を見た。

街中央付近の小高い立地にあるカシャの屋敷の、最上階の窓からは、メセタの街並みが望む。

　アニタにとってもまた、夫は立場の違う男に他ならない。遠くを見つめる彼の視線に、どこまでの景色が映っているのか。ただ人では知りようもない。

「南部が完全に無干渉を貫ける時期は過ぎた。文明のあり方も、軍事技術の発達も、我が国や周辺国家をやがて転換期に陥れる。次の時代に生き残るのは、その変革を乗り越える国だけだ。……今の時代にある王は、その打つ布石は、国家の行く末を占うことになる」

　アニタは、彼の景色を理解し切れないながらも相槌を打った。

「ではあなたは、ルイ王子に手出しをしたりとこれ以上混ぜっ返さず、王妃となるあの子に力添えしてやりなさいな」

「あの子——ベルタこそ、私にとっては最大の不安材料なのだがな」

　ああそうだ。彼らは同族嫌悪で今ひとつ互いを信頼し切れない。

「王妃となったベルタにとって、何が一番大切なものになるのか。あの子が抱える激しさが王家の先行きを切り開く起爆剤になるか、それとも王家をとことん内側から蝕むか」

　ヴァレリオがその立場に娘を差し出して押し上げたとはいえ、単なるカシャの嫡女であった頃よりも、ベルタの個性は一個人の性情という枠を超えて重要になっている。

「結局、親が育てたようには、子供は育ってくれない。ましてや手元を離れてしまったあの子が、これからどんな風に成長していくのか、楽しみでもあり怖くもあるな」

「いずれにせよ、わたくしたちは寄り添って見守ってやることしかできないわ」

「……そうだな」

今や、彼らの娘は一族だけでなく、この国家の命運を握るかもしれない場所に立っていた。

8

その日、「王妃」として完全武装したベルタの姿を見て、ルイは乳母のドレスの陰に隠れて引っ込んだ。

「王子。お母さまでございますよ」

「や！」

「おわかりにならないのでしょうか」

「確かに普段とお化粧も違いますけれど」

無理もない。ルイにとって今日の母は見慣れない姿だろうとは思う。何しろベルタ本人でさえ鏡を見てそう思った。だからと言って、植民地から渡ってきた魔除け（まよけ）のお面を見せた時のような反応をされるのは微妙に傷付く。

「ルイ。こっちを向いてごらん？」

ベルタは試しにルイを突っついてみる。いつものように笑いかけた口元が、濃くさした紅のせいで歪ん（ゆがん）で見えたかもしれない。

ルイは恐る恐る振り返った後、すぐに亀のように首を引っ込めて、乳母によじ登ろうとばたついた。

「んん！　やあーのっ」

「あらら。お嫌でございますか」

「本日は王子はお留守番でよろしゅうございましたね」

周囲の女官たちは王子を生温かく宥めつつ、状況を面白がっていることを隠しきれていない。

「ねえ、やっぱり化粧が濃すぎるんじゃないかしら」

「よろしいのですわ。国民は遠くから王妃殿下のお姿を見るのですから、普段より華やかなお化粧のほうがよろしいかと存じます」

ルイには大不評のようだが、女官たちは少なくとも仕事の出来栄えに満足げだ。

「それにやはり、今日の衣装の色味には、鮮やかなお化粧のほうが合っております」

「元々ベルタさまははっきりとした色のほうがお似合いですわ。南部では鮮やかな色遣いのお衣装が多くていらしたのに、後宮に入られてから悪目立ちを嫌って大人しい色ばかりお召しでしたものね」

「特に緋色は、マルグリットさまに遠慮なさって部分使いも避けて来られました」

今日のベルタが身にまとうのは、公の場では王妃にしか許されない盛装だ。血よりも濃いような目の覚める緋色のドレスに、深い紅に染め上げられた美しい毛皮のマント。

緋色は、古い時代には王族にしか許されなかった貴色だ。

時代が下り、昔よりも安価な染料が開発された今となっては配色にさほどの特別性はなくなった。しかし現在においても公式行事の場などでは伝統的に、王家への敬意を示すために高位の貴族ほど貴色を避ける傾向があった。

今まで公式行事にはほとんど列席しておらず、第二妃の地位に甘んじていたカシャ一族の娘が、ついにその出で立ちで公の場に出ることの意味をわからない者はいない。

「去年のこの祭りの時期は後宮に引きこもっていたから、マルグリットさまがどんな様子だったか知らない。けれどきっと、さぞお美しかったのでしょうね」

件の事件が起きて、マルグリットが「心身の病」を理由に、王都郊外の離宮に移送されたのは真冬のことだ。

つくづくこの国の王室は、一人の王に一人の妃というあり方にしか対応していないと思う。ベルタが着ているのは、去年まではマルグリットが着ていた衣装を少し手直ししたものだった。

季節が移り変わり、すっかり春めく時期になったが、毛皮などの大物の発注は当然間に合わなかった。そのため、形式上はあくまで今もまだもう一人の「王妃」であるマルグリットから、その衣装を取り上げるような形になってしまった。彼女を追い落とした地位を乗っ取ることに、今更真新しく罪悪感を覚えることはないものの。

「マルグリットさまのお衣装をもらい受けたというわけではありませんわ。その毛皮のマントは、歴代王妃が身にまとってきた品物です」

そもそもこうした高価な衣装は代に何度も作り直すものではないし、マルグリットの王妃としてのワードローブ自体、大半が先王時代の王妃である王太后からそのまま受け継いだものだと聞いてはいる。

それでもなお、ベルタは時間が許せば全て作り直させたかった。

「マルグリットさまに気兼ねしているわけではないのよ。ただ、彼女と同じ服を着て真正面から比べられるのは、ちょっと不利すぎる。……陛下と並んで一対にあつらえたような、似合いだった正妃とすげ替えられるような説得力が私にあると思う？」

美しさというのは、時に暴力的な正義だ。

ベルタは南部から初めて現王室に入った妃として、そして王子の生母として、常に国民からは一定の人気を得ている。

だがそれも、立場だけで得ている薄い信頼だ。弱い立場から入り、男児を挙げつつも側室のような立場に甘んじていたベルタへの同情も多分に含んでいる。

王妃として国王の隣に立つ姿に、貴族は、民は、実際のところ何を思うだろうか。先の正妃に比べればやはり見劣りするということを、ベルタは卑下するよりも明確に自身の欠点だと捉えている。

しかしそんな主人の心配をよそに、彼女の侍女は満足げな表情のままだ。

「何もご心配はございませんわ。ベルタさまは黒髪の王妃として、堂々と立っていらしてください」

　侍女はそう言った後、場を和ませるようにくすりと笑みをこぼした。

「ご不安ならジョハンナさんの様子をご覧くださいな」

「……」

　さっきから触れたら面倒そうなので無視していたが、乳母ジョハンナはルイを抱き上げながらもずっと熱烈な視線をベルタに送り続けている。

「お美しいです、ベルタさま。ああ！　群衆の向こうに見るベルタさまのパレードはどれほど素敵でしょう！　お留守番が口惜しいですわ」

「ジョハンナは当てにならないわ」

　思い返せばジョハンナは初対面の頃から、妙にベルタの容色を気に入っている。彼女は普段、実際はとても冷静に物事を見ているが、たまに思わぬ鬱陶しさを発揮してくる。

「当てにしてくださいませ！　ベルタさまのご容姿は、少なくとも私どもにはない長所です。ベルタさまが寄り添われるだけで、国民は陛下のご意思を明確に理解しますわ。国民の大半は、ベルタさまや南部の民と源流を同じくするペトラ人。自らの出自を重用されて喜ばない者はおりません」

「そういうもの？」

話の内容はさておき彼女の緩急の激しさに驚く。

「そういうものです。保守派の力が大きく削がれた今、現地の民と王家の融和の象徴として、緋色の似合う黒髪の王妃ほど相応しい役者はおりません。貴族連中はともかく、庶民はベルタさまをそうした目で見ています」

ベルタが口を開こうとした時にちょうど、係の内務官が迎えに宮にやって来た。ハロルドの支度が完了し、様子見に寄越された官吏だろう。

「そろそろ行くわ」

これ以上話していても寄ってたかってベルタを勇気付けるだけの雑談になりそうなので、ベルタはそこで話を切り上げた。

「まあ。出るからには、しっかり王妃をやってくる」

「行ってらっしゃいませ」

「お帰りをお待ちしております」

「楽しんでらしてください」

ルイは結局、一度も顔を上げてくれずにジョハンナの胸にしがみついて丸まっていた。

ベルタはそっとその背中を撫でて宮を出た。

今日は、この国の民にとって宗教的に最も重要な祭りの日だ。

彼らの神の復活を記念し、春の訪れを寿ぐ祭り。
復活は宗教的な行事であると同時に、若葉の芽吹きに今年の豊穣を願う、原始的な祈りの象徴でもあった。

　事実、異教徒の侵攻により宗教的な意味合いが失われて久しい南部でも、この時期は大きな土着の祭りがいくつも行われていた。南部の故郷の祭りは荒々しく雑多で、時折祭りなのか暴動なのか判別がつかないような騒ぎまで起こるが、この時期は王都の民もまた熱気では負けてはいない。街は常にはない雰囲気に包まれている。

　王都の春の祭りは宗教行事になぞらえ、七日七晩続く。

　七日間それぞれの日に意味があるらしいのだが、その宗教的な意味まではベルタは把握し切れていない。何日目には決まった菓子を食べ、何日目にはいくつか決まった数の教会を回り、人々は彼らの神に祈りを捧げている。

　そして、祭りの最終日である今日は、民の熱気は最高潮に達する。人々は王都の信仰の象徴でもある大聖堂や、その手前の大広場に詰めかける。最終日に行われる、大聖堂へ向かうパレードには国王陛下のお出ましもあって、それは庶民が国王を間近に見ることができる数少ない機会だった。

　国王が国教の宗派を変えたことや、それに伴い大聖堂の名が変わったこと、大陸諸国との宗派対立など、実際のところ民の暮らしや信仰にはなんら影響を及ぼしていない。

国や王家がどうなろうと民の暮らしは早々変わらない。彼らは今年も、遠い昔からそうしてきたように春を祝い、歌って騒いで信仰を表明する。


「やはり似合うな」

「やはり、ですか？」

ベルタが控えの間に到着すると、ハロルドは既に支度を終えていた。

盛装を身にまとい、今日は少し化粧もしているらしい国王陛下は、自分のほうがよほど美しいのにベルタの全身を眺めてそう言う。

「緋色を貴色と定めて独占したのは、元々は異教徒侵攻前の前王朝だ。俺は前王朝の系譜を引いてはいるが、大陸中枢の貴族の形質のほうが濃い。……前王朝の王や女王はきっと、俺よりも君やルイに似た容姿だっただろう」

それを意識したことはなかったが、言われてみればそうだ。ハロルドがそれを気にすること自体が少し意外だった。

ベルタは少し未来を想像した。今のハロルドのように成長し、国王として立つ息子ルイの姿。少し大きくなって目鼻立ちもしっかりしてきたルイは、よくハロルドに似ているが、骨格や色素にペトラ人の要素を強く映している。

「だからベルタ、君にその服装は似合って当然だ」

「陛下もよくお似合いです。長くこの国を治められ、その年月だけ緋色の衣を身にまとわれてきた王室の当代として」

彼もまた、ベルタの言葉が少し意外だったようで、珍しい表情をして笑っただけだった。

これから彼と二人、国民の前に立つ。

ルイの生母として公式行事で並んだことはあれど、完全に夫婦として立つのはほとんど初めてのことだ。

祭りの前の高揚と、密かな緊張が場を支配していた。早く出立したいような、一方でもう少し会話を重ねる必要があるような。迷っていると、ハロルドが再度口を開く。

「……ベルタ。君は、これからはこの国の王妃だ」

「はい、陛下」

「我が妃として、これから俺と同じ景色を見てくれるか」

「さあ、それは」

彼がたとえ話として言葉を並べていることはわかったが、ベルタはその言葉の意味を考える。

ハロルドと夫婦になったとしても、彼女は大陸中枢の名門貴族の姫でも、この国の女王でもない。南部の娘で、王妃で、そして何よりベルタはベルタだ。

「違う人間なのですから、違う景色も見えましょう。夫婦になるからと言って、全く同じものを見る必要はないかと存じます」

「そういうものか？」

自分たちには話し合いが必要だと、先の夜に彼は言った通り、ベルタの言葉をよく聞いてくれる。

「私の目から見える世界もきっと、陛下のお役に立ちましょう。私は私である責任を、王妃という立場で全うするだけです」

「手厳しい妃殿下だ。俺と君が背負うものの利害が対立したら、君はどうする？」

「そうならないように手を尽くすのが私の仕事です」

共に生きていくということが、どういうことなのかベルタにはまだわからない。わからないなりに彼と本当にわかり合えることを諦め切れないから、本音に近いことも言ってみる。

「なるほどな」

ベルタの返答は、あまり彼が意図するものではなかっただろうが、ハロルドは目を合わせて頷いた。

「俺も手を尽くそう。君とルイのために。そして何より、この国のために」

王であり、ベルタの夫でもある男は、この先彼女に何を望むのだろうか。

彼の望むようになりたいし、同時に彼にも、ベルタの望むように変わってほしいと思う。

自分たちが互いの人生に影響を与え合う、かけがえのない存在になるということを、ベルタはもう疑っていなかった。

「それでは、一緒に行こうか」

彼が伸ばした手を、ベルタは躊躇（ためら）わずに取った。

あとがき

この物語のモデルは、近親結婚を繰り返した末に途絶えた中世の某王朝です。

何年か前に見たドキュメンタリー番組の記憶が強く残っています。

実在の歴史では血統重視の価値観を貫いて滅びゆく運命にあった彼らですが、もしその時代に価値観の変化を引き受けるだけの柔軟な王が出ていたら。と歴史のもしもについて考えるようになりました。本作の王家の構想はそこから生まれました。

初期の構想のわりには、主人公を辺境の娘に設定したため、ごりごりの中世ヨーロッパ社会というよりはやや異国情緒のある話になったと思います。

退廃的な王室に風穴を開ける存在として、対照的な主人公になりました。

別の時代を生きた人物の個性を想像するのは難しいですが、それでも置かれた立場を所与として、自分の人生を実現させようと前向きに過ごすベルタのあり方の美しさは、普遍的なものだと思えます。

本作は私にとって初めての出版作品です。ひとつの作品を出版に堪えるまで作り込むという作業は、とても楽しく貴重な経験でした。

改稿作業と時期を同じくしてコミカライズ企画も進行していました。漫画家の田中文（たなかあや）先生や編集部の方々との話し合いの中で、キャラクターや時代背景についてより深く掘り下げて考える機会をいただけたと思います。（二〇二〇年三月現在）

また、装画については今井喬裕（いまいたかひろ）先生にお願い致しました。一枚の絵が何より雄弁に、本作の登場人物に説得力を持たせてくれているように感じます。

今回の出版作業に関して、思ったことは何でも相談させてもらい、やりたいと思ったことをたくさん叶（かな）えていただきました。私一人ではとてもここまで来られなかったと思います。本当にありがとうございました。

この本を作ることに携わってくださった編集部の皆様、コミカライズ関係者の皆様、ならびにネット連載中から応援してくださった読者の皆様に、深く感謝致しております。

西野向日葵

お便りはこちらまで

〒一〇二―八一七七
富士見L文庫編集部　気付
西野向日葵（様）宛
今井喬裕（様）宛

富士見L文庫

王妃ベルタの肖像

西野向日葵

2020年3月15日　初版発行
2024年3月10日　6版発行

発行者　山下直久
発　行　株式会社 KADOKAWA
〒102-8177　東京都千代田区富士見2-13-3
電話　0570-002-301（ナビダイヤル）

印刷所　株式会社 KADOKAWA
製本所　株式会社 KADOKAWA
装丁者　西村弘美

定価はカバーに表示してあります。　◆◆◆

●お問い合わせ
https://www.kadokawa.co.jp/（「お問い合わせ」へお進みください）
※内容によっては、お答えできない場合があります。
※サポートは日本国内のみとさせていただきます。
※Japanese text only

ISBN 978-4-04-073579-5 C0193